MI SEGUNDA OPORTUNIDAD

Por
Alex (MF) McAnders

McAnders Books

Libros de Alex (MF) McAnders

Romance masculino / femenino

Mi tutora; Libro 2; Libro 3; Libro 4; Libro 5; Libro 6
El Matrimonio Forzado de mi Novio con la Mafia; Libro 2
Mi tutora - Día de la graduación; Libro 3; Libro 4; Mi debilidad - Día del Draft de la NFL

*****

Libros de Alex Anders

BDSM

Lo Que El Jeque Quiere
Descendiente Para el Heredero del Multimillonario
Descendiente Para el Heredero del Jeque; Libro 2; Libro 3
Descendiente Para el Heredero del Dictador
Complacer al millonario
A las órdenes de dos amos

Mujeres Hermosas Grandes

Emparejada con el Jeque; Libro 2

MI SEGUNDA OPORTUNIDAD

Capítulo 1

Merri

—Has hecho el ridículo con mi equipo, mi organización, tu padre y, lo peor de todo, conmigo —dijo el hombre de rostro enrojecido, mientras las arañas vasculares resaltaban y se retorcían bajo su ridícula y blanca barba de chivo.

Bajé la cabeza y dejé que mi mente se desviara a otro mundo. ¿Alguna vez has soñado con hacer algo? Podría ser lograr una meta o hacer que un padre se sienta orgulloso de ti. Tal vez, después de toda una vida decepcionando a tu padre, tu sueño era ser su asistente técnico mientras él llevaba su equipo a la victoria en el campeonato de la NFL. Justo cuando los últimos segundos se agotan en el reloj, él se vuelve hacia ti en busca de la jugada que ganará el juego. Y después de haber esperado esto toda tu vida, sacas lo que has estado preparando durante meses.

—¿Un pase Ave María? —él te diría.

—Funcionará, entrenador —le dirías, insegura pero convencida de que es la decisión correcta.

—No sé qué pensar… La partida está en juego.

—Confíe en mí, entrenador —rogarías.

Cuando él se alejaría dudoso, tomarías su hombro y dirías: —Esto funcionará, papá.

Y gracias a toda una vida de colaboración, pondría el campeonato en tus manos y llamaría al mariscal de campo que iniciaría tu jugada.

A medida que los jugadores realizan un ataque rápido por parte de la defensa y se posicionan, el mariscal lanza el balón. En el aire, recorre 30, 40, 50 yardas. Y justo como lo planeaste, el receptor se desprende de su defensor, salta y luego lo atrapa en el aire, cayendo en la zona de anotación y ganando el juego.

Siguen los aplausos y las serpentinas. Los otros entrenadores te elevan sobre sus hombros en señal de victoria. Y tu padre, que tal vez tuvo sus dudas sobre ti, te mira a los ojos y asiente como diciendo: esa es mi hija y estoy orgulloso. …O, ya sabes, algún sueño menos extrañamente especifico que ese.

Bueno, no tengo problema en admitir tal vez ese haya sido mi sueño. Nunca he sido la favorita de mi padre. Incluso se podría decir que mi padre me considera una decepción.

Sí, soy la asistente técnica de mi padre. Y después de tener una destacada carrera como entrenador en la División 2, ocurrió el milagro de 'ofrecerme un equipo de la NFL'. Pero ahí es donde mi termina mi sueño. Porque después de dos años de ir cuesta abajo, la carrera de mi padre podría estar terminando antes de que realmente comience.

Peor aún, mientras jugábamos nuestro último partido de la temporada, el que determinaría nuestras posibilidades en los playoffs, mi padre me ignoró por completo y eligió una jugada que nos hizo perder el juego.

No fue tan malo. Nuestro equipo estaba acostumbrado a perder. Es lo que hay. Pero de repente, desligada de la preparación del juego y todo lo demás relacionado con el fútbol, algo se abrió paso en mi mente. Después de meses de ignorar a mi novio, recordé que nuestra relación estaba en la cuerda floja. Al igual que la carrera de entrenador de mi padre, estaba yendo cuesta abajo.

Con esos pensamientos abrumándome, ocurrió algo inesperado: mi rostro apareció en la pantalla gigante. Esto ya había ocurrido antes. Cuando los partidos son televisados, los camarógrafos siempre buscan tomas de reacciones.

El único problema esta vez fue que eligieron enfocarme a mí porque, en un momento de emoción cruda, estaba llorando. Ni siquiera me había dado cuenta. Y si alguna vez has pensado que no hay llanto en el béisbol, puedo asegurarte de que, a menos que sea después de una gran victoria, definitivamente no hay llanto en el fútbol americano.

—¿Lloraste? ¿En mi campo de fútbol? ¿Qué tipo de maldito gesto de debilucho es ese?

El gerente del equipo miró al dueño del equipo sabiendo que había cruzado una línea. Por supuesto, no dijo nada al respecto. Podría decirse que el dueño del equipo tenía su mano en el trasero del gerente, por la forma en que este último era un títere.

—Eres una vergüenza para mi equipo. Y eso es mucho decir, considerando lo malditamente vergonzosa que ha sido toda esta temporada. Pero ¿sabes por qué ha sido una vergüenza? (hizo una pausa y repitió) He dicho que si ¿sabes por qué ha sido una vergüenza? —me preguntó.

—¿Porque nuestra técnica de presión es débil? ¿No tenemos suficiente profundidad para compensar las lesiones? ¿Y nuestro mariscal de campo no puede completar un pase ni para salvar su vida?

El hombre de 72 años me miró con desprecio.

—No, pedazo de mierda sabelotodo. Es porque la asistente de tu padre, con mierda en el cerebro, piensa más en acostarse con los jugadores que en cómo ganar el partido.

La sensación de calor recorría mi cuerpo. Cada músculo de mi pecho se tensó dificultándome la respiración. Él lo había encontrado. Lo que siempre más temí escuchar, me lo había escupido como veneno.

Como mujer que trabaja en el fútbol, siempre he tenido que bailar en una línea delgada. Pero como hija y asistente del entrenador, esa línea ha sido un campo minado. Nunca podría salir con uno de los jugadores de papá. Y con sus frágiles egos, ni siquiera podía dejar que pensaran que estar conmigo era una posibilidad.

Eso significaba tener que llevar siempre ropa deportiva. Significaba no permitir que los chicos me vieran como un objeto. Y significaba hacerles creer que la razón por la que no estaba interesada en ellos era porque no estaba interesada en su género.

¿Alguna vez dije que era lesbiana? No, porque eso sería mentira y moralmente incorrecto. Pero si sueltas un "ella está buena" de vez en cuando, el rumor se esparce. Los jugadores incluso lo alentaban. Les divertía tratarme como uno más del grupo y yo les seguía la corriente.

Sin embargo, nunca supe cómo hablar con mi padre sobre esto. Por un lado, sabía que había oído los rumores sobre que me atraían las mujeres. Por otro lado, que en realidad me gustaran los chicos no cambiaba el hecho de que no era la delicada flor que esperaba que fuera su pequeña niña.

No importaba lo que fuera, lo iba a decepcionar. Y no terminaba con mi falta de feminidad. Hacía cosas que le complicaban la vida. Por ejemplo, insistí en que me dejara ser su asistente de entrenador y luego lloré en televisión nacional, proporcionando munición al dueño del equipo para usar en las entrevistas de salida y las negociaciones de contratos.

Mientras sentía que las lágrimas amenazaban nuevamente, hice todo lo posible para contenerlas. No podía llorar. No ahora. No aquí. Tenía que superar esto como un hombre.

Así que, mientras el dueño criticaba mi género y mi inteligencia, haciendo todo lo posible para hacerme renunciar, me mordí el labio. Moví los dedos de los pies. Hice todo lo que pude para distraerme del pensamiento que se asentaba en el fondo de mi mente, 'lo que él decía sobre mí era cierto. No pertenecía aquí'.

—No llores, Merri. ¡No llorarás! —me dije a mí misma, deseando desesperadamente que fuera verdad.

Podía hacerlo. Podía superar esto. Y cuando lo hiciera, demostraría que sí pertenecía aquí. Le mostraría a mi padre y a todos los demás que no era un fracaso. No era una vergüenza.

Les demostraré que soy una persona que pertenece al fútbol americano tanto como cualquier chico. Y mientras las húmedas líneas recorrían lentamente mis mejillas y me rompían el corazón, supe exactamente cómo lo haría.

Capítulo 2

Claude

Mientras los primeros rayos de sol matinales se extendían sobre las montañas blanqueando las nubes, una neblina llenaba el aire. Estirando los isquiotibiales una última vez, inhalé profundamente y comencé mi carrera. Entrando en ritmo tanto en la respiración como en el paso, mi mente se serenó. Esta mañana era el momento. Había pensado en hacerlo durante tanto tiempo y hoy era el día.

Al rodear las carreteras de montaña y entrar en el vecindario, repasé mi plan otra vez. Aquí era donde Cage empezaba su carrera. Topándome casualmente con él, lo invitaría a unirse a mí y entonces lo haría.

No había duda de que algo en mi vida tenía que cambiar. Cuando volví a casa por primera vez, había disfrutado del aislamiento. Necesitaba tiempo para pensar. Pero dos años ya habían sido demasiado.

Sí, estaban mis videollamadas con Titus y Cali, pero no eran suficientes. Si bien, conocer a mis nuevos hermanos del alma había sido lo que despertó esto en mí. Quería ser más sociable. Estaba empezando a necesitarlo.

¿Por qué había elegido acercarme a Cage?

Fue porque estábamos en una etapa similar de la vida. Desde que nos graduamos de la universidad dos años antes, habíamos tomado decisiones parecidas. De todas las personas en este pequeño pueblo, él era el que más fácilmente podía considerar un amigo.

Además, él y su novia eran el centro del grupo de amigos de mis hermanos. Cage y Quin organizaban muchas noches de juegos. Cuando Cage se mudó al pueblo, me invitó. Pero después de rechazar unas cuantas veces, las invitaciones se detuvieron.

Paso uno, toparme con Cage. Paso dos, invitarlo a unirse a mi carrera. Paso tres, mencionar casualmente la noche de juegos y expresar interés en unirme a ellos. Parecía tan simple. No obstante, recién ahora, semanas después de idear el plan, había reunido el valor para intentarlo.

Quizás esto era a lo que se parecía estar al final de tus fuerzas, una carrera matutina destinada a pedir algo que desesperadamente echabas de menos, conexión humana y un amigo.

Haciendo lo mejor para no pensar demasiado, aumenté el ritmo y recorrí las calles del vecindario. Con el corazón latiendo fuertemente, la casa de Cage apareció a la vista. Había calculado bien el tiempo, podía ver a Cage estirándose en la entrada.

Mientras lo miraba, me dolía el pecho. Atrapado bajo una avalancha de pánico, luchaba por respirar.

No podía hacer esto. No ahora. No hoy. Y justo cuando Cage levantó la vista y me notó corriendo por su calle, giré. Cambiando de dirección como si siempre hubiera sido mi plan, corrí en la dirección opuesta.

Era un cobarde. No cabía duda al respecto. Pero lo peor de todo, estaba solo y seguiría estándolo. ¿Por qué no podía superar esto? ¿Qué me pasaba?

Al volver a casa y subir a la ducha, me quedé desnudo con el agua acumulándose en mi cabello rizado. ¿Cómo me había convertido en esta persona? La universidad había sido tan diferente. Tenía amigos y una vida. Ahora, de vuelta en casa en una pequeña ciudad de Tennessee, yo era…

—Baja cuando termines —dijo mi madre golpeando la puerta del baño—. Tengo una sorpresa para ti.

Regresando al momento presente, levanté la mirada. ¿Mi madre tenía una sorpresa para mí? ¿Qué quería decir con eso?

Cerré el agua y me vestí, abrí la puerta del baño. Inmediatamente, el aroma de los granos de Arábica tostados me envolvió. Dios, que bien olía. Pero yo no lo había preparado.

—¡Sorpresa! —dijo mi madre después de que bajé las escaleras y entré en la cocina.

En una mano tenía una taza de café. En la otra, un muffin con una vela encendida clavada en él.

—¿Qué es esto?

—Estamos celebrando —dijo mi madre entusiasmada, con su piel morena resplandeciendo a la luz de la vela.

—¿Celebrando qué? —pregunté preguntándome si había olvidado un cumpleaños.

—Celebramos que te mudas a tu nueva tienda.

Sonreí a pesar de mí mismo.

—Realmente no es para tanto, mamá.

—Claro que sí lo es. Has trabajado desde nuestra sala de estar el último año, y ahora vas a tener tu propia oficina.

—Que compartiré con Titus —le recordé.

—¿Y qué importa eso? Ahora eres un propietario de negocios próspero y tienes tu propia oficina.

—Que comparto.

—Claude, toma el muffin —dijo, entregándomelo—. Y el café. Le pregunté a Marcus qué tipo te gusta. Me dijo que es tu favorito.

Sonreí. —Gracias, mamá.

—De nada —dijo con una sonrisa—. Tengo unos minutos antes de que tengamos que irnos, ¿por qué no nos sentamos a disfrutar de un café juntos?

—Uh, oh —dije tomando asiento.

—¿Qué, uh, oh? No hay ningún uh, oh. ¿No puede una madre pasar unos minutos sentada con su guapo hijo?

—Claro que sí, mamá —dije acomodándome—. Lo siento. ¿De qué quieres hablar?

Mamá me miró con picardía.

—Bueno, ya que preguntas, ¿hay alguna chica en tu vida de la que quisieras hablarme?

Mi cabeza se inclinó al escuchar su pregunta tan frecuente. —No mamá, no hay chicas en mi vida en este momento.

—¿Y por qué no? —dijo inclinándose hacia adelante.

—Presiento que viene una charla.

—No hay charla. Solo voy a decir…
Refunfuñé.

—Solo voy a decir que eres inteligente, amable y ahora eres propietario de un negocio.

—Aquí vamos.

—No hay razón para que no tengas chicas llamando a tu puerta.

—Tal vez no quiero que las chicas llamen a mi puerta.

—Tu mamá tenía chicos llamando a su puerta —dijo con orgullo.

—Y en el tema de cosas que no necesitaba saber…

—Deberías estar agradecido de que tu mamá era atractiva.

—¡Mamá!

—¿De dónde crees que sacaste tu buena apariencia?

—Creo que esta conversación ha terminado —dije levantándome.

—Se acabará cuando traigas a casa algún bombón para presentármelo. Yo me colaba chicos en la habitación desde que podía meterlos por la ventana. ¿Por qué no hay nadie saliendo por la tuya?

—¡Estoy en un segundo piso! —le dije, girándome hacia ella—.

—Claude, tienes que abrirte a la gente. A todos les caes bien. Solo dale una oportunidad a alguien. Eres demasiado joven y guapo para ser un viejo solitario —me dijo mientras tomaba mi café y subía a mi habitación.

Al cerrar la puerta detrás de mí, tuve que admitir que no estaba del todo equivocada. Algo tenía que cambiar. Esta no era la vida que me había imaginado para mí mismo cuando me gradué de la universidad.

Claro, tenía lo que se estaba convirtiendo en un negocio próspero, y trabajaba con Titus. Pero eso solo era de primavera a otoño. El resto del año, tomar café en el puesto de Marcus era el único momento en que no me sentía vacío. Algo tenía que cambiar.

Esperando mis habituales cinco minutos antes de tener que irnos, bajé de nuevo las escaleras y agarré las llaves del coche. Como mi madre estaba en la escuela todo el día, compartíamos un coche. Nos venía bien, considerando que yo nunca iba a ninguna parte por la noche. Pero al llevarla esta mañana y escuchar cómo retomaba su charla donde la había dejado, empecé a dudar de nuestro arreglo.

Dejé a Mamá y me dirigí a mi nuevo lugar, me estacione en el estacionamiento y me quede sentado. Mirando la pequeña cabaña de troncos, esperaba sentir más de lo que sentía. Mamá no se equivocaba, tener una oficina desde donde dirigir nuestro negocio era un motivo de celebración. Pero con mi socio de negocios todavía terminando su semestre de primavera, yo era el único allí.

Saliendo del coche, caminé por el sendero de tierra hasta nuestra puerta de entrada. El lugar era la cabaña perfecta en el bosque. Rodeada de pinos perfectos aún húmedos con el rocío de la mañana, mire a través de los árboles hacia el río poco profundo a no más de treinta metros de distancia.

Este lugar había sido un hallazgo excelente. Lo único que jamás tendría sería tráfico peatonal. Pero con la ruta de nuestro recorrido comenzando a menos de un cuarto de milla de distancia, nos permitiría realizar más recorridos durante el día. El alquiler tenía mucho sentido.

Al abrir la puerta y mirar alrededor, sentí su vacío. ¿Había sido una buena idea? ¿Cuánto más aislamiento necesitaba? ¿Podría pasar el resto de mi vida trabajando aquí en este pueblo?

Secándome rápidamente una lágrima de la mejilla, me enderecé y me puse sensato. Había querido un negocio y ahora lo tenía. Si quería abrirme y dejar entrar a alguien en mi vida, también podría hacerlo.

Ya no podía dudar de que lo necesitaba. Había una parte de mí que sentía que iba a romperse sin ello. Solo tenía que averiguar cómo desbloquear las manos que ocultaban mi corazón.

No sabía por qué siempre me retraía de las personas como lo hacía, pero iba a superarlo. Iba a dejar que alguien entrara a mi vida y juntos seríamos felices.

Podía hacerlo. Tenía que hacerlo. Y mientras me secaba otra lágrima de la mejilla, escuché un golpe en la puerta que me hizo girar.

—¡Merri! —dije, sorprendido al volver a ver sus ojos grises como el acero mirándome fijamente—.

Capítulo 3

Merri

—Hola, Claude —dije como si no hubieran pasado dos años desde que lo vi por última vez.

Dios, se veía tan bien. No era que hubiera olvidado cómo sus cejas perfectas enmarcaban su mandíbula cuadrada y sus labios carnosos. Era más bien que había olvidado cómo me hacía sentir mirarlos.

Verlo por primera vez en primer año de universidad fue lo que necesité para convencerme de que no solo me gustaban los chicos, sino que tenía un tipo. El tono de su piel era el color del chocolate con leche. ¿Cómo alguien podría resistirse a querer lamerlo?

Claude sacudió la cabeza como si no pudiera creer lo que veía.

—¿Qué haces aquí? —preguntó atónito.

—Estaba por el barrio. Pensé en pasar a saludar.

—¡Estás en Tennessee! —exclamó, aun tratando de entenderlo todo.

—¿Qué pasa? ¿Acaso Tennessee no tiene barrios? —bromeé.

—No, quiero decir, tú vives en Oregón.

—En realidad, ahora estoy en Florida.

—Que sigue sin estar cerca de Tennessee.

Sonreí. —Me atrapaste.

—Entonces, ¿por qué estás aquí?

—Pensé en pasar y saludar.

—Recibí las llaves de este lugar ayer.

—¿El sitio es nuevo? —dije mirando la pequeña cabaña—. Diriges una de esas compañías de tours de rafting por el río, ¿verdad?

—Sí. ¿Cómo lo sabías?

—Tienes una página web —le dije mientras exploraba el lugar.

—Claro. Y puse esta dirección en ella.

—Bingo.

—De acuerdo, eso explica cómo encontraste el lugar. Pero eso no me dice por qué estás aquí.

Miré a mi viejo amigo preguntándome por dónde debería empezar. Había pasado mucho entre nosotros antes de que me dijera que decidía graduarse pronto y dejar el equipo. Y admito que no manejé bien su partida.

—Estoy aquí porque tengo una propuesta para ti —dije con una sonrisa.

—¿Y cuál es?

—No sé si lo sabes, pero mi padre se convirtió en el entrenador principal de los Cougars.

—No lo sabía —dijo de una manera que me indicaba que tampoco le importaba.

—Vale. Lo es. Y yo me convertí en su asistente.

—¿Como en la universidad?

—Claro. Aunque los profesionales son muy diferentes. Si te contara algunas cosas… —miré hacia arriba y me detuve al ver sus ojos indiferentes. Bajé la mirada—. No es el punto.

—Entonces, ¿cuál es tu punto? —preguntó fríamente.

—Mi punto es que él consiguió ese puesto de entrenador principal, en parte, gracias a ti.

—Ya veo.

—¿No te sorprende eso?

—Tuvimos una buena temporada.

—Tuvimos tres buenas temporadas. Y todas ellas fueron gracias a ti.

—Aún no sé qué estás haciendo aquí.

Con el momento en mis manos, luché por respirar. —Estoy aquí porque te estoy invitando a un entrenamiento.

—¿Un qué? —Claude dijo, sorprendido.

—Ya sabes, una prueba para el equipo.

La tensión de Claude disminuyó.

—¿Para los Cougars? —preguntó, confundido.

—Sí —dije emocionada—. Papá sabe que debe mucho de su éxito a ti y cree que tienes lo que se necesita para jugar en las ligas profesionales.

—Merri, no he tocado un balón de fútbol americano desde… —se detuvo, intentando recordar.

—¿Desde que ganaste nuestro tercer título de división?

—Eso es.

—Simplemente lo dejaste ahí y nunca más lo volviste a levantar, ¿eh?

—¿Qué sentido tenía?

—¿No lo extrañas? Eras tan bueno en el campo. La forma en que podías encontrar un espacio y esperar hasta el momento perfecto para lanzar el pase… ¿No era increíble?

—Es parte de mi pasado.

—Pero no tiene que ser así. Estoy aquí diciéndote que, si lo deseas, podrías volver a tenerlo. Te estoy ofreciendo una invitación de regreso. Sé que te encantaba. Estoy segura de que lo volverías a amar —dije, preguntándome si seguía hablando solo de fútbol.

Claude me observó sin expresar mucho. Podía sentir cómo mi confiada personalidad se derretía bajo intensidad de su mirada. Siempre tuvo la capacidad de ver a través de mí. No estaba segura de cómo lo hacía.

—Mira, Claude —dije, mirando a cualquier lugar menos a sus ojos—, sé que no tengo derecho a pedirte nada, especialmente por cómo terminaron las cosas entre nosotros. Pero significaría mucho para mí si lo consideraras. Realmente no estoy en una buena posición ahora con el equipo…

—Entonces, así que esto se trata de ti.

—Esto es sobre nosotros… Quiero decir, lo que teníamos. Teníamos algo bueno en aquel entonces, ¿verdad? Yo era tu entrenadora de mariscal de campos y preparadora física. Tú eras la estrella del equipo. Brillabas y todo el mundo te adoraba.

—Esa no es la razón por la que jugaba.

—Entonces, ¿por qué jugabas? —pregunté, percibiendo una oportunidad.

—No importa. Esa parte de mi vida ha terminado.

—Pero no tiene por qué ser así. De nuevo, sé que no me debes nada. Pero te pido que al menos lo consideres. Significaría mucho para mí. También para papá. A ambos nos encantaría trabajar contigo de nuevo. Y, aunque hayan pasado dos años, sé que lo que tenías aún está ahí. Eras así de bueno —dije, terminando con una sonrisa.

Pude decir que había conseguido llegarle cuando finalmente bajó la mirada.

—Lo consideraré.

Avancé rápidamente y lo abracé.

—Sabía que lo harías. Lo sabía —dije, emocionada —. Eras genial en aquel entonces y lo serás de nuevo —le dije al soltarlo.

—Solo dije que lo consideraría —dijo él fríamente.

—Por supuesto. Claro —dije, recomponiéndome—. Estoy realmente feliz ahora mismo. Mira, estaré en la ciudad unos días antes de ir a mi próxima reunión. ¿Qué te parece si te llamo en uno o dos días? Podríamos cenar. Invito yo.

—¿Tienes mi número? —preguntó Claude, confundido.

—Todo el mundo tiene tu número.

—¿Qué?

—Es el que está en la página web, ¿verdad?

—Oh. Sí.

—Entonces, lo tengo —dije, dirigiéndome hacia la puerta. A punto de irme, me detuve—. Oye, ¿recuerdas en segundo de bachillerato cuando hicimos ese viaje de acampada a Big Bear?

—Es difícil olvidarlo. Cuando llegamos había unos quince centímetros de nieve en el suelo. Estábamos en plena primavera.

Me reí.

—Sí. ¿Y terminamos haciendo una caminata alrededor de ese lago?

Claude pensó un momento y asintió.

—Cuando llegamos estaba nevando ligeramente.

—¿Recuerdas cómo el sol estaba en el ángulo perfecto para hacer que el agua brillara? ¿Y te acuerdas de las montañas cubiertas de nieve al fondo?

—Sí —dijo él, perdiéndose en el recuerdo.

—Sabes, he viajado a muchas ciudades desde entonces y esa sigue siendo la vista más hermosa que he visto jamás. Tuvimos buenos momentos juntos, ¿verdad?

Claude emitió un gruñido pensativo.

—Te llamaré —le dije antes de echar un último vistazo a quien una vez fue mi mejor amigo y luego salir caminando.

Capítulo 4

Claude

Observé cómo mi razón para dejar la universidad antes de tiempo se retiraba hacia un coche de alquiler y se alejaba. Mi corazón latía violentamente. Un calor punzante envolvía mi piel, haciendo temblar mis huesos. Tomando una profunda inhalación, luché por respirar.

No podía soportarlo. Sintiéndome enjaulado dentro de la oficina, necesitaba correr. Salté hacia la puerta y la abrí de golpe. Antes de darme cuenta, estaba corriendo con toda la fuerza y velocidad que tenía. Perdiéndome entre los árboles, todo en lo que podía pensar era en la sensación mientras mis músculos de las piernas me impulsaban hacia adelante.

Podía sentir el viento azotarme cuando tomaba velocidad. A mi alrededor, el mundo se ralentizaba. Así era como me sentía con el balón de fútbol americano en la mano y una línea defensiva luchando por superar la muralla ofensiva de nuestro equipo. Si alguna vez hubiera tenido un arma secreta, era esta.

Corrí tanto como pude. Al disminuir la velocidad, adopté un paso todavía ligero. Jamás habría imaginado cuánto me afectaría volver a ver a Merri. En algún momento, ella había significado mucho para mí. Pero después de que me mostrara quién era realmente, me di cuenta de que nunca la había conocido.

En la universidad, los jugadores bromeaban diciendo que si era tan bueno era porque era un robot programado para lanzar un balón de fútbol. Eso implicaba que no tenía corazón. Sí tenía corazón, y se rompió después de las cosas que Merri me dijo.

Agotado y sintiendo que mis piernas ardían, finalmente me detuve. Inclinado con las manos en las rodillas, luché por respirar. Recordaba esta sensación. Era como me sentía cuando la soledad se volvía demasiado para mí.

Cuando el mundo parecía que iba a colapsar a mi alrededor, corría. Correr era lo único que me ayudaba a cumplir con mi deber. Correr calmaba mi mente lo suficiente para ser la persona que tenía que ser.

De pie, mientras mi mente revuelta se calmaba, miré a mi alrededor. Sabía dónde estaba. Me encontraba en uno de los puntos de descanso del recorrido de Titus. Frente a mí había un estanque conectado al arroyo que fluía junto a nuestra oficina. Aguas arriba, se unía a un río que nacía en las montañas. Con los exuberantes árboles verdes que lo rodeaban, era hermoso, pacífico.

Necesitado de hablar con alguien, saqué mi teléfono y busqué señal. Encontrando dos barras, llamé al único que sabía que contestaría.

—Claude, ¿qué pasa? —dijo Titus con su habitual voz alegre.

Hice una pausa antes de hablar. ¿Por qué lo había llamado? ¿Necesitaba escuchar su voz? ¿Solo necesitaba saber que no estaba solo?

—Claude.

—Sí, lo siento. Mi teléfono se me resbaló.

Titus rio. —Entonces, ¿qué ocurre?

—¿Te he pillado en mal momento?

—No. Acabo de salir de clase. Estoy volviendo a mi dormitorio. ¿Está Cali contigo?

—No. Estaba, eh, te llamaba para decirte que ayer conseguí las llaves. Ya tenemos oficina de manera oficial.

—¡Eso es fantástico! ¿Se siente como en casa? —bromeó Titus.

—Se siente como un espacio práctico para trabajar —clarifiqué, eligiendo mis palabras con cuidado.

Titus rio. —Por supuesto que dirías eso. Bueno, subiré mañana para ayudarte a mover el equipo. Estoy seguro de que a mamá le encantará quitárselo del patio.

—Estoy seguro de que sí. —Hice una pausa considerando qué diría a continuación—. Sabes, pasó una cosa curiosa cuando llegué esta mañana.

—¿Qué pasó? ¿Ya hay goteras?

—Nada de eso —dije mientras me giraba para volver hacia la oficina—. Había alguien allí.

—¿Sí? ¿Quién? ¿Era un cliente?

—No. Era alguien que conocí en la universidad. Era entrenadora asistente del equipo de fútbol.

—¿En serio? ¿Cómo la conociste?

—¿A qué te refieres?

—¿A qué me refiero? ¿Cómo la conociste?

—Era entrenadora asistente del equipo de fútbol americano y yo jugaba en el equipo. Aunque, supongo que también la conocía socialmente.

Hubo silencio al otro lado del teléfono.

—Espera. Retrocede un segundo ahí. ¿Estuviste en el equipo de fútbol americano de la universidad?

—Sí —dije, sabiendo que había evitado el tema hasta ahora—. ¿No lo he mencionado?

—¡No lo has mencionado! —replicó Titus, asombrado—. ¿Me estás diciendo que en todo el tiempo que llevamos trabajando juntos, has oído hablar de todo lo que está sucediendo en mi equipo y ni una sola vez pensaste mencionar que jugaste al fútbol americano en la universidad?

—No surgió —le dije.

—¿No surgió? ¿No crees que es una de esas cosas que mencionas?

—Realmente no era para tanto. Esperaba dejar atrás ese tiempo.

—Algo así. De todas formas, la asistente entrenadora apareció en la oficina. Al parecer, consiguió la dirección de la web.

—¿Qué quería?

—Quería que volviera a involucrarme con el fútbol.

—¿Cómo?

—No estoy seguro —mentí, sin ganas de entrar en detalles.

—Así que, ¿solo quiere que vuelvas al deporte?

—Parece que sí.

—¿Y cómo la conociste?

—Era entrenadora asistente del equipo. Y, supongo que puedes decir que éramos amigos.

—¿Amigos? Espera un minuto, ¿tuviste amigos en la universidad? —bromeó Titus.

—Sí, tuve amigos.

—¿Qué tipo de amiga era? Porque las chicas no aparecen de la nada intentando que vuelvas sin razón.

—Te aseguro que solo éramos amigos —dije, aclarando cualquier malentendido.

—No suena así —bromeó Titus.

—Eso es todo lo que éramos. Aunque…

Me quedé en silencio.

—No me dejes con la intriga.

—Ella y yo éramos mejores amigos. Y puede que hubiera algunas veces en las que ella me dio la impresión de que se sentía atraída por mí.

—¿En serio? Y tú, ¿qué sentías por ella?

—Era una amiga. Así es como la consideraba.

—Entonces, esta amiga perdida hace tiempo, ¿con quién no has hablado en cuánto tiempo?

—Desde que dejé la escuela.

—Esta amiga perdida, que quizás sentía algo por ti, y con quien no has hablado en dos años, aparece en tu lugar de trabajo intentando recuperarte.

—No fue así.

—¿Estás seguro? Porque eso es lo que parece.

Pensé en eso por un momento. Titus no tenía toda la información, ¿pero estaba equivocado? Hubo veces, cuando Merri y yo estábamos juntos, que la sorprendí mirándome fijamente. Había sucedido más de una vez.

Sabiendo que ella solo se interesaba por chicas, lo había descartado como una mera torpeza. Merri definitivamente podía ser torpe de vez en cuando. Pero si ella hubiese estado interesada en mí, ¿podría su invitación para entrenar en el equipo ser algo más? ¿Era real siquiera el entrenamiento?

—No lo sé —le dije a Titus con sinceridad.

—Bueno, yo no la conozco. Pero a ti sí. Y sé que no entiendes el efecto que causas en la gente. Si una amiga perdida hace tiempo ha aparecido de la nada intentando recuperarte, yo diría que tengas cuidado.

—Y, ¿realmente quieres volver a involucrarte en el fútbol? No debió de significar tanto para ti

considerando que esta es la primera vez que lo
mencionas.

—Tuvo sus momentos.

—Ten cuidado. Puede que no lo pienses así, pero
esto suena a que tiene más que ver con sus
remordimientos nocturnos que con ofrecerte un puesto
genérico en el fútbol. Se oye muy sospechoso. Digo,
¿realmente hay un trabajo?

—Quizá tengas razón.

—Como alguien que pasó sus noches lamentando
no actuar sobre sus sentimientos por su mejor amigo, te
digo que tengo razón. Así que, a menos que estés
buscando un rollo, te diría que hagas como si esto nunca
hubiera pasado… Y no lo digo solo porque eres mi socio
y no podría llevar el negocio sin ti.

Sonreí. —Por supuesto que no. Tus consejos no
son parciales en absoluto.

—En serio, sin embargo. Parece que hay más en
la historia de lo que sabes.

—Comprendo. Y tienes razón. Parece que hay
más en la historia. Quizá lo deje pasar. Gracias, Titus.

—De nada, colega. Para eso estoy.

—Nos vemos este fin de semana.

Tras colgar, reflexioné sobre lo que Titus había
dicho. Tenía razón en una cosa. Había más en la historia.
¿Tenía Merri algún motivo oculto? Siempre supe que era
una chica sincera. Una de las cosas que más me gustaban

de ella era que sentía que podía confiar en ella. Hasta que no pude.

Entonces, ¿debía considerar lo que Merri me estaba ofreciendo? Y, ¿exactamente qué me estaba ofreciendo? Cuando estábamos en la escuela, pensé que Merri sería una amiga para toda la vida. Era la única chica con la que sentía que podía ser yo mismo.

Había sido por ella que tuve el éxito en el equipo que tuve. En la escuela secundaria, siempre había sentido la necesidad de mantener un perfil bajo. Era el único chico de color en la escuela y en el equipo. Lo mejor que podría haber hecho era pasar desapercibido.

Pero durante mi primer año como novato, estaba nervioso como el infierno en las pruebas. Lanzando el balón intentando sacudirme los nervios, se me acercó una chica rubia y atlética, con ojos grises como el acero y me preguntó si estaba probando para mariscal de campo. Después de decirle que jugaba como receptor en la escuela secundaria, me sugirió que cambiara de posición.

No estaba dispuesto a hacer eso. El mariscal de campo era el foco del equipo. No solo nunca había jugado en esa posición, sino que requeriría de mucha más atención de la que estaba buscando.

Manteniendo un ojo en ella mientras paseaba por el campo, más tarde la vi hablar con el entrenador. En un momento, vi que ambos me miraban. Y cuando llegó mi turno de alinearme con los otros novatos, el entrenador dijo: —Tú, ¿cómo te llamas?

—Claude Harper, señor.

—Merriam me dice que tienes un buen brazo —dijo delante de todos.

Miré a la chica que hasta ese momento parecía ser la que llevaba el agua.

—Estoy intentando ser receptor. Tengo una buena velocidad.

Había estado corriendo mucho hasta ese momento. Mis tiempos en el sprint de 40 yardas eran lo que esperaba que me ayudara a entrar en el equipo.

—Bueno, ahora estás probándote para mariscal de campo. ¿Tienes algún problema con eso?

—No, señor.

—Bien. Ve a calentar.

Hice lo que me dijeron y calenté. No sabía mucho del equipo considerando que los equipos de la división dos no recibían cobertura nacional. Pero lo que sí sabía era que ya tenían un mariscal de campo. Mark Thompson estaba en el último año y tenía asegurada la posición.

—Yo te ayudaré a calentar —me dijo Merriam cuando me dirigí a las redes.

—¿Por qué le dijiste eso? Te dije que no estaba intentando ser mariscal de campo. ¿Estás asegurándote de que no entre en el equipo?

Ella me miró sorprendida.

—No. No es eso para nada. Él es mi padre. Me dijo que observara a todos y le dijera lo que veía. Vi que tienes un gran brazo.

—Sí, pero el equipo ya tiene mariscal de campo. Probablemente tengan incluso suplente.

—Tenemos a Mark. Pero se lesiona mucho. Y nuestro suplente no puede darle ni a un granero ni a propósito. Tenemos receptores rápidos y una línea ofensiva fuerte. Así que, si pudiéramos reforzar nuestra posición de mariscal de campo, tendríamos la oportunidad de ganar el título de la división.

—Pero ¿por qué le dijiste a tu padre que me considerara? Te dije, no juego como mariscal de campo.

—Porque no hayas jugado todavía, no significa que no puedas. Tengo la sensación de que eres de esos chicos que esconden más de lo que aparentan. Yo sé algo de eso.

—Sí. Eres la hija del entrenador que pretende ser la chica del agua.

—Yo soy la chica del agua. Papá no cree en darme ventajas injustas. Tengo que empezar desde abajo como todos los demás.

—¿Como todos los demás que tienen un puesto de trabajo esperándoles en cuanto demuestren lo que valen?

—¿A qué te refieres? —preguntó ella, ajena a lo poco común que era su posición en comparación con los demás.

—Nada.

—Bueno, si quieres, puedo correr y tú puedes lanzarme el balón en movimiento.

—¿Tú? —pregunté, preguntándome si siquiera podría manejar un pase potente.

—¿Por qué no? —preguntó ella a la defensiva.

—Ningún motivo —dije al enviarla a lo largo del campo.

Después de lanzarle algunos pases a su izquierda y a su derecha, volvió hacia mí.

—Te dije que soy receptor —dije, esperando que ella consiguiese que me trasladasen de vuelta a donde pertenecía.

—¿Lo estás intentando?

—¿A qué te refieres con si lo estoy intentando? Estoy lanzando, ¿no?

—Lo lanzas como si alguien te obligara a hacer pruebas para ser mariscal de campo.

—Alguien me está obligando a hacer pruebas para ser mariscal de campo.

—Vale, está bien. Pero ¿me estás diciendo que eso es todo lo que tienes?

—Eso es lo que tengo.

—Entonces, estás diciendo que si la vida de tu novia estuviera en juego…

—No tengo novia.

—Entonces pongamos a tu madre. Si fuera para salvar la vida de tu madre, ¿así es como lanzarías el balón? ¿No tienes nada más allá de eso?

Miré hacia ella sabiendo a lo que se refería. Sí, me estaba conteniendo. Siempre me había contenido porque nunca quieres que nadie sepa de lo que eres realmente capaz. Quieres que la gente te subestime. Así fue como mi madre me enseñó a sobrevivir siendo el único chico de color en un pequeño pueblo de Tennessee.

Pero mirando a la chica que me miraba con un interés inusual, recordé que ya no estaba en Tennessee. Estaba en una universidad en Oregón. Una clave para sobrevivir era ser consciente de tu entorno y mi entorno había cambiado. ¿Qué significaba eso, para mi supervivencia?

—Puede que tenga algo más que eso —dije, provocando una sonrisa en el rostro de Merriam.

—Entonces, déjame verlo —dijo ella, trotando hacia adelante en el campo.

Centrándome mientras ella se alejaba, me concentré y enfoque. En cuanto se giró y cruzó, solté todo lo que tenía y le di en el pecho. Ella lo atrapó con facilidad. Más que eso, el pase se sintió bien.

Devolviéndome el balón, corrió otros 10 metros más lejos y cruzó de nuevo. Dejándolo volar, le di en los números. No importaba cuán lejos corriera, cada vez que yo lanzaba el balón iba exactamente a donde yo quería que fuera. Incluso me sorprendió mi juego. Hasta entonces, nunca había estado seguro de lo que era capaz. Lo había descubierto gracias a esta chica inusual.

—Llámame Merri —me dijo mientras volvíamos con su padre. —Está listo y es realmente bueno —añadió Merri entusiasmada.

—Ah, ¿Sí? Vamos a verlo —dijo el entrenador, mandándome al campo.

Sentado en el escritorio de mi oficina, fui sacado del recuerdo por una notificación del teléfono.

El mensaje decía, 'Hola Claude, soy Merri. Este es mi número por si necesitas contactarme. Vamos a comer algo.'

Me quedé mirando el mensaje. ¿Por qué estaba aquí Merri? ¿Había realmente un entrenamiento? ¿O había algo más, como había sugerido Titus?

'Encontrémonos esta noche. Hay una cafetería en la calle Main. Estaré allí a las 7,' respondí.

No pasó mucho tiempo antes de que llegara su respuesta.

'¡Excelente! No puedo esperar. Gracias.'

Mi pecho se apretó al leerlo. ¿Qué tenía Merri que me hacía hacer cosas que no quería hacer? No quería el foco de atención al jugar como mariscal de campo. Pero ella me convenció, y ganamos tres títulos consecutivos.

Me había alejado del fútbol. Sin embargo, aquí estaba… Diablos, no sabía lo que estaba haciendo.

Todo lo que sabía es que había sido feliz teniendo a Merri fuera de mi vida. Bueno, quizás no estaba feliz, pero lo estaba descubriendo. Y ahora, aquí estaba, emocionado por volver a verla.

No quería emocionarme por verla. Ella me había dicho cosas terribles. ¿Estaba tan desesperado por conectarme con alguien que iba a pasar por alto todo lo que hizo? ¿Lo que había dicho?

Esto no era propio de mí en absoluto. Tenía la sensación de que estaba perdiéndome a mí mismo lentamente. Claramente, Merri todavía tenía algún tipo de poder sobre mí. Y si podía convencerme para ignorar lo que pasó la última vez que la vi, ¿qué más podría convencerme de hacer?

Capítulo 5

Merri

Me senté en mi habitación aún emocionada por ver a Claude de nuevo. Había olvidado lo bien que se veía. Quiero decir, era difícil de olvidar, pero de alguna manera aún hacía latir mi corazón. Mirando mis manos, temblaban.

Nadie más ha tenido este efecto en mí. Por eso hui de mis sentimientos por él en la universidad.

Con cada día que pasaba, perdía el control sobre la imagen que tenía que mantener. Era la hija del entrenador de fútbol. No salía con los jugadores. Y como todo lo que quería era seguir los pasos de papá, tenía que luchar contra mis sentimientos por Claude.

Si quería ser respetada en el fútbol, eso era lo que tenía que hacer. Y si quería que Claude jugara para los Cougars, aún lo era.

Sin embargo, incapaz de apartar mi mente del mensaje de texto de Claude, cuando sonó mi teléfono, lo contesté inmediatamente.

—¿Diga? —dije, esperando escuchar su voz.

—¿Así que decidiste contestar? —respondió el interlocutor.

—¿Jason? —pregunté.

Miré la identificación de llamada. Ponía 'Desconocido'.

—¿Esperabas a alguien más?

—No, yo… Estaba esperando una llamada de negocios.

—Apuesto a que sí —dijo con el veneno que me había hecho llorar al final del último partido de la temporada.

—No te estoy engañando, si eso es lo que piensas.

—No lo hacía. Pero es bueno saber dónde está tu mente.

—¿Qué quieres, Jason? —dije, sin ganas de tener esta conversación.

—¿Así es cómo me vas a hablar? ¿Te vas de la ciudad sin decirme nada y eso es lo que me vas a decir?

—¿Qué quieres que te diga?

—¿Qué tal si te disculpas? ¿O que vas a dejar de portarte como un cretino conmigo?

—De verdad, no tengo tiempo para esto.

—Y ese es el problema, nunca tienes tiempo para mí. Durante la temporada usas la excusa de que estás preparándote para los partidos…

—¡Tengo que prepararme para los partidos! —insistí.

—Entonces, cuando la temporada termina, te largas sin más como si no te importara ni un poco…

—Claro que me importas.

—Entonces ¿por qué no lo demuestras? ¿Por qué nunca lo demuestras?

La dura verdad era que siempre había una parte de mí que esperaba terminar con Claude. Sabía que no era justo para Jason, pero nunca estuve del todo comprometida con nuestra relación. Siempre tuve un pie fuera de la puerta.

—¿Nada eh? Típico —dijo tras mi largo silencio.

—¿Qué quieres decir?

—Quiero decir que no creo que quiera seguir con esto.

—¿Seguir con qué?

—¡Con todo esto!

—¿Qué estás diciendo?

—Estoy diciendo que quiero terminar.

—Está bien. ¡Como quieras! —le dije, sin ganas de discutir más.

—Así que eso es todo, ¿no?

—Eres tú quien ha dicho que quería terminar.

No podía estar segura, pero creí escuchar a Jason comenzar a llorar.

—Vale. Adiós, Merri.

—Adiós, Jason —dije, terminando la llamada.

Las lágrimas rodaron por mis mejillas antes de que pudiera hacer algo para detenerlas. La razón por la que no había hablado con Jason antes de irme era que estaba intentando evitar esto. La razón por la que mis mejillas manchadas de lágrimas habían sido retransmitidas en todo el país era porque la temporada había terminado, y sabía que eventualmente llegaríamos a este punto.

Jason había sido mi primera relación seria. Empecé a salir con él cuando pensaba que ser exitoso y atractivo era suficiente para mantener una relación de pareja. Después de un año juntos, me di cuenta de que no era así.

Éramos personas diferentes. A él le encantaba conocer gente nueva en eventos y fiestas. Mientras que yo prefería dispararle a gente nueva en videojuegos desde la comodidad de mi hogar. Si fuéramos estereotipos, él sería un adulto responsable y yo un desastre.

La verdad era que él merecía algo mejor que yo. Todos lo hacían. Era una novia terrible. Trabajaba todo el tiempo. No me gustaba la demostración pública de afecto. Y estaba obsesionada con mi mejor amigo al que no le hablaba desde hacía dos años. ¿Por qué alguien querría estar conmigo?

Sollocé y me limpié las lágrimas de la cara. Yo había creado esta situación y ahora tenía que lidiar con ella. Yo había creado todo lo malo que me había pasado recientemente, y tendría que encontrar la forma de salir.

Así que, aunque pareciera desalentador, no había mejor lugar para empezar que donde todo comenzó, con Claude. Conociéndolo, se alejó del equipo y de mí y nunca miró hacia atrás.

Supongo que debería estar agradecida de que aún recordara mi nombre. Claude tenía una forma de bloquear cualquier cosa que no le gustara. Y durante los últimos dos años, estaba segura de que era yo quien no le gustaba.

Sentí mi teléfono vibrar, lo miré, esperando que fuera Jason de nuevo. No lo era. Era un mensaje de papá.

'¿Has avanzado algo con Claude?'

Había sido honesta con Claude cuando le dije que tanto papá como yo queríamos que volviera. Claro, cada uno tenía sus razones, pero el deseo era real.

Si quería encontrar la forma de salir del lío en el que estaba con Claude, tenía que empezar con algunas verdades. Porque además de ser guapísimo y un súper atleta, también era uno de los chicos más inteligentes que conocía.

Tenía que saber que no habría aparecido de la nada solo para ofrecerle entrenamiento. si iba a pasar de ser un desastre a algo que se pareciera a saludable, tenía mucho trabajo que hacer. Ese trabajo iba a comenzar con Claude esta noche.

Capítulo 6

Claude

Habiendo llegado temprano al comedor, me senté en una mesa que daba a la pared de cristal y a la puerta. Habiendo visto el coche en el que se había ido, sabía lo que estaba buscando. Cuando llegó, sentí una opresión en el pecho y un nudo en la garganta.

No sabía por qué me sentía así, pero así era. Me gustaría decir que era debido a la inevitable confrontación que tendríamos. Pero ese sentimiento lo conocía. Habría sido estrés. Lo que sentía era otra cosa. Algo que no había sentido en mucho tiempo.

Le hice una señal cuando volteó hacia donde estaba y ella sonrió y se acercó. Parecía demasiado contenta de estar aquí. Quizá Titus tenía razón. Tal vez esta conversación iba en una dirección que no preveía. ¿Qué me parecía eso?

—Estás aquí —dijo ella, mirándome desde el otro lado de la mesa.

—Dije que lo estaría.

—Lo hiciste. Y, siempre haces lo que dices que vas a hacer.

—Lo intento.

Asintiendo con una sonrisa en su rostro, Merri me miró de manera incómoda.

—¿Vas a sentarte?

—Sí, claro —dijo deslizándose a mi lado y volviendo a sentirse incómoda—. Oye, ¿recuerdas esa pizzería a la que íbamos?

—¿Palermo's?

—Eso es, Palermo's. No nos cansábamos de ir.

—Lo recuerdo. Cuando doblabas la rebanada, el aceite se acumulaba sobre el queso.

—Y no era solo un poco, además. Podrías freír otra pizza entera con eso —dijo ella riéndose.

—Sí —dije yo, resistiendo su viaje por el carril de los recuerdos—. Entonces, ¿por eso sugeriste esto, para hablar de pizza?

—No. No, eso definitivamente no es por lo que te pedí que vinieras aquí.

—¿Qué puedo traerles? —nos preguntó el cocinero de gran barriga.

—Para mí una hamburguesa, Mike.

—¿Y para ti?

Merri sacó el menú de su soporte en el centro de la mesa y lo ojeó rápidamente.

—Sabes qué? Voy a tomar lo mismo que él.

—Dos hamburguesas al punto, enseguida —dijo Mike, sin anotarlo.

—¿Lo conoces? —me preguntó Merri.

—Es un pueblo pequeño. Todos conocen a todos.

—¿Cómo es eso? Donde yo crecí había poco más de 10.000 personas. No es mucho comparado con casi cualquier otro lugar, pero puedes pasar toda una vida sin conocer a todos.

—Sí, aquí es un poco diferente. Mi instituto tenía 100 alumnos y era el único en 64 kilómetros a la redonda.

—Entonces, ¿conociste a todos de tu edad el primer día de preescolar?

—Mas o menos.

—Eso es increíble. Entonces, ¿todo el mundo conoce tus asuntos?

—No hay mucho que no sepan.

Merri hizo una pausa.

—Y eso, ¿cómo funciona con las citas?

—¿A qué te refieres?

—¿Todos ustedes, como, tienen que turnarse para salir con las mismas personas?

En contra de mi mejor juicio, me reí.

—No, no hay ningún requisito de citas aquí.

—Pero no puede haber muchas opciones.

—Sí, las opciones son limitadas.

—Entonces, ¿qué haces al respecto?

—Bueno, si eres como yo, eliges no tener citas hasta llegar a la universidad.

—No recuerdo que salieras con muchas personas en aquel entonces.

—¿Es por esto por lo que pediste hablar, para averiguar los rituales de citas de los pueblos pequeños de América?

Merri parecía avergonzada.

—No, eso no es de lo que quería hablar tampoco.

—¿Entonces de qué?

—¿Recuerdas a esa chica con la que estaba "saliendo" en mi primer año? —preguntó utilizando comillas con los dedos.

Resoplé.

—Te prometo que esto va a algún lado.

—Sí, la recuerdo. Sheryl o algo así. ¿No?

—Sí, Sheryl. ¿Alguna vez te conté por qué "terminamos"? —dijo volviendo a usar comillas.

—¿No fue algo sobre 'no sentirlo con ella'?

—Sí. Eso fue lo que dije.

—¿No era la verdad?

—No, era verdad… Mira, hay una razón por la que rompí con Sheryl y con Angie, y con Margo. Hay una razón por la que rompí con todas las chicas con las que "salí" —dijo ella nuevamente en comillas.

—¿Por qué sigues usando comillas con los dedos?

—Es porque en realidad no estaba saliendo con
ninguna de ellas —admitió ella con titubeo.

—¿Qué quieres decir?

—Quiero decir que todas éramos solo muy
buenas amigas. Nunca hicimos nada íntimo juntas.

—No entiendo. ¿Por qué no?

—Porque no estaba interesada en ellas… ni en su
género —dijo ella tímidamente.

—¿De qué hablas? —pregunté yo, confundido.

—No soy realmente lesbiana. Y, — riendo
nerviosamente— si lo piensas, nunca dije que lo era.

—Sí lo hiciste —le recordé.

—¿Lo hice?

—Sí. Muchas veces.

—¿Cuándo?

—Principalmente cuando estabas borracha. Te
ponías cariñosa y tocona conmigo, lo cual era muy poco
característico de ti. Y entonces decías que estaba bien
que nos besáramos porque eras lesbiana.

Merri me miró con la boca abierta.

—¿En serio?

—¡Sí! —insistí.

—¿Alguna vez nos besamos? —preguntó ella con
titubeo.

—Por supuesto que no.

—¿Por qué lo dices así?

—Porque estabas borracha… y, más importante,
¡lesbiana! —expliqué.

—¡Oh! Bueno, no lo era. Y lo que acabas de contarme hace que lo que estoy a punto de decir sea realmente incómodo.

—¿Y eso es?

Ella respiro profundamente. —Hay una razón por la que actuaba de esa manera cuando estaba borracha. Y quiero que sepas que ahora no es lo mismo. Pero, había alguien por quien tenía sentimientos muy fuertes.

—¿Quién?

—Tú, Claude —dijo ella mirándome con sus tiernos ojos grises.

Mi corazón latía acelerado al mirarla.

—Dos hamburguesas al punto —dijo Mike captando nuestra atención.

—Gracias, Mike —dije yo al que pronto sería el padrastro de Titus.

—Sí, gracias —dijo Merri apartando la mirada.

Ninguno de los dos nos miramos durante un tiempo. Ajustando nuestros platos, Merri rompió el silencio.

—Quería que supieras eso. Pensé que era importante sacarlo a la luz.

—¿Hace cuánto tiempo que te sientes así? —pregunté sin saber qué más decirle a mi ex mejor amiga que acababa de declarar que había tenido sentimientos por mí.

—¿Te refieres a sentirme atraída por hombres? Porque eso ha sido toda mi vida.

Cerré los ojos y negué con la cabeza intentando dar algún sentido a las cosas. —No es eso lo que quería decir. Pero si siempre te has sentido atraída por hombres, ¿por qué fingirías ser lesbiana?

—Porque, piénsalo, ¿dónde daba papá todas sus charlas?

Lo pensé. —En el vestuario.

—Exactamente. Y yo era la asistente del entrenador. ¿Crees que alguno de los jugadores se habría sentido cómodo conmigo allí mientras se cambiaban si supieran que me gustan los chicos? Dime la verdad.

—Probablemente no.

—Y, ¿cuánto más tendría que haber soportado de parte de los tipos a los que les estaba bien que hubiese una chica allí? ¿Te acuerdas de Jimmy, ese jodido pervertido?

—Me acuerdo.

—Así que hice que todos creyeran que era lesbiana sin decirlo. Supongo, excepto cuando estaba a solas contigo.

—¿Y qué pensaban las chicas con las que salías?

—Definitivamente, nunca les dije que era lesbiana. De hecho, solía decirles que todos los que lo pensaban estaban equivocados. Pero, supongo que ellas creían que estaba en el armario o que podrían hacerme cambiar.

—Pero tú salías con ellas —le recordé.

—Salíamos juntas. Eran todas chicas geniales y divertidas con las que me gustaba pasar el rato. Pero nunca tuvimos nada serio ni hicimos nada más allá de tonterías de chicas hetero.

—Vale. Puedo entender por qué quisieras que todos los demás lo creyeran. Pero éramos mejores amigos. ¿Por qué no podías decirme la verdad?

—¿Quieres decir la verdad sobre que estoy enamorada de ti desde el primer momento en que te vi? Tú, la última persona de la que debería haberme enamorado.

—¡Wow!

—¿Te he asustado? —preguntó Merri, mostrándose vulnerable.

—No lo has hecho. Pero explica muchas cosas.

—Apuesto a que sí —dijo Merri sujetándose las mejillas mientras su piel clara se tornaba en tonos de rojo—. Mira, lo siento por eso.

—¿Por qué?

—Por todo.

—No podías evitar lo que sentías.

—Sí, pero no siempre lo manejé con tu nivel de elegancia.

—¿Hablas de cuando te enfadaste conmigo?

—Sí. Cuando me enfadé contigo, también conocido como la última vez que hablé con mi mejor amigo antes de que dejara la escuela y desapareciera de mi vida.

—Lo recuerdo bien.

—Dije algunas cosas.

—Lo hiciste.

—Pero ahora puedo decirte la verdadera razón por la que me molesté tanto. Fue porque finalmente había llegado a un punto en que no podía fingir más. Estaba… —asintió con la cabeza para suavizar sus palabras—, enamorada de mi mejor amigo, la estrella del equipo de fútbol americano de mi padre, del cual yo era la asistente de entrenador.

—Tenías muchas cosas en juego —dije sin saber qué más decir.

—Unas cuantas —dijo ella, luciendo mortificada—. Así que cuando me informaste que elegías graduarte temprano, no lo manejé bien.

—Me llamaste un "ne… de mierda".

—Por favor, no lo digas —dijo ella interrumpiéndome con los ojos cerrados y la cara poniéndose roja como un tomate—. Sé lo que dije. Y lo siento mucho, muchísimo.

—Sabes, he pensado mucho en lo que dijiste desde entonces. Lo que nunca pude entender es por qué fuiste directamente al tema de la raza.

—Porque soy una maldita idiota —dijo ella, incapaz de mirarme.

—No, en serio. Nunca habías sacado la raza antes. Ni una sola vez. Pero en ese momento fuiste directa a eso. ¿Por qué?

—No hay excusa, pero estaba sufriendo mucho. Lo que dijiste me devastó y lo dijiste como si no te importara cómo me sentía. Así que, dije lo que pensé que te haría más daño.

Reflexioné sobre eso.

—Sabes, cuando era niño, y hablo de tener 8 años, estaba en la fiesta de cumpleaños de un compañero de clase. Después del pastel y el helado, estábamos todos corriendo como pollos sin cabeza. Estábamos gritando como locos y en un momento dado, mi madre me apartó.

Agachándose a mi nivel, me señaló algo que no había notado hasta ese momento. Me hizo entender que no solo era el único niño de color en mi clase, sino que era el único niño de color en todo el pueblo.

Ella me dijo que, aunque los niños blancos podían correr y comportarse como locos, yo no podía. Como el único niño de color en 40 millas a la redonda, todos los niños blancos me mirarían y juzgarían a toda mi raza por lo que yo hiciera. Dijo que nunca podría ser como ellos. Siempre tenía que ser mejor.

Cargué con eso durante mucho tiempo. Realmente me moldeó. Pero luego fui a la universidad e hice una amiga para quien la raza parecía no importar. Ella me dijo que no debía ocultar quién era. Que no debía contenerme.

Y entonces, después de aprender a confiar en ella y comenzar a compartir cosas con ella que no había compartido con nadie, ella me recordó que, incluso para aquellos a quienes la raza parecía no importar, yo siempre sería solo un…

—No lo digas. Por favor, no lo digas —rogó Merri.

—¡Negro de mierda!

Ella bajó la cabeza mientras las lágrimas mojaban sus mejillas.

—No te culparía si nunca me perdonaras. Yo no me perdonaría si estuviera en tu lugar. De hecho, si quieres que me vaya, me iré.

—Pero solo quiero que sepas que es la cosa más vergonzosa que he hecho jamás. No importa por lo que estaba pasando, no había excusa para lo que hice. Si pudieras encontrar en tu corazón perdonarme, te lo agradecería. Pero no espero que lo hagas y no te culparía si no lo haces. Porque yo no me perdonaría si estuviera en tu lugar.

Reflexioné sobre ello y agarré mi hamburguesa.

—Me dijiste que lo dijiste para herirme. Bueno, lo conseguiste. Dolió —admití antes de dar un mordisco.

—Lo siento mucho.

Mirándola mientras masticaba, pude ver su vergüenza.

Había tardado un tiempo en asimilar que me dijera eso. Una de las formas que tuve fue decirme a mí mismo que no entendía el peso de lo que había dicho. Porque, aunque el hecho de ser afroamericano, o mestizo, significaba mucho para mí, parecía no importarle en absoluto a ella.

Pero resulta que sí sabía su peso. Y lo había balanceado como un garrote.

—¿Debo irme? —preguntó Merri con timidez.

No respondí porque no lo sabía.

—Si quieres, me iré y no tendrás que volver a saber de mí. ¿Debo irme?

—No lo he decidido.

—Vale —respondió ella, sin saber qué hacer a continuación.

Cuando pasó suficiente tiempo sin que yo dijera una palabra, comenzó a comer su hamburguesa. Pronto los dos estábamos comiendo en silencio.

—Entonces, ¿lo que dijiste sobre un entrenamiento para los Cougars es real? —le pregunté cuando mi hamburguesa había desaparecido.

—Lo es. Todo lo que te he dicho lo es. El entrenador siente que te debe su trabajo y piensa que podrías ayudar a los Cougars.

—Y, ¿cuándo te vas de la ciudad para tu próxima reunión?

—Ah. Todo lo que te he dicho es real, excepto eso —dijo mirando hacia abajo—. Para ser completamente honesta, solo estoy en este viaje para verte. Pensamos que eres la mejor esperanza del equipo.

—Ya te dije que no he tocado un balón de fútbol americano desde nuestro último partido, ¿verdad? —dije, considerando su oferta.

—Si las cosas funcionan, tendrías el verano para ponerte en forma para el juego. Podría ayudarte —ofreció ella tímidamente.

—No lo sé.

Merri me miró y ladeó la cabeza interrogativamente. —¿Eso significa que lo estás considerando?

—Lo pensaré.

Merri se desplomó como si le hubieran aliviado de una pesada carga.

—Eso es genial, Claude. Gracias —dijo agradecida. Deslizándose fuera del reservado y dejando dinero en la mesa añadió—: Estaré en la ciudad unos días. Tómate el tiempo que necesites. Solo quiero que sepas que tanto el entrenador como yo realmente te queremos… Quiero decir, ser parte del equipo. Ya sabes, para entrenar.

—Lo entendí. Lo pensaré —dije apretando los labios.

Merri estaba a punto de marcharse cuando se detuvo y me miró con ojos vulnerables.

—Realmente te he echado de menos. Espero que, de alguna manera, incluso si rechazas el entrenamiento, podamos volver a ser amigos.

—Lo pensaré —le dije, recordando por primera vez en años los buenos momentos que habíamos compartido.

Capítulo 7

Merri

Regresé a mi coche, conduje hasta quedar fuera de la vista del comedor y, entonces, me detuve y lloré. Lo que le había dicho a Claude me había perseguido cada día desde que salió de mi boca. ¿Cómo pude llamarle así? Lo había amado. Estaba segura de estar enamorada de él. Sin embargo, dije algo que ni siquiera había cruzado mi mente hasta que fue pronunciado.

Me odiaba por lo que había dicho. Me sentía paralizada en ese momento. Estaba convencida de que eso era lo que me impedía pasar página y dejar atrás mis sentimientos por Claude. No podía perdonarme a mí misma, ni dejarlo ir.

Claude no me perdono por lo que había sucedido, pero al menos habíamos hablado de ello. Por fin, mi vida podría avanzar. ¿Quién era yo más allá de la persona que había traicionado a su mejor amigo? No estaba segura. Pero estaba dispuesta a averiguarlo.

De vuelta a la pensión, subí a mi habitación y me tumbé en la cama. Después de mirar el techo un buen rato exhausta, recibí un mensaje de texto.

'Informarme sobre qué está pasando con Claude', escribió mi padre.

No podía manejar esto ahora. Papá no tenía ni idea de lo que había sucedido entre Claude y yo. Por lo que él sabía, en un momento Claude era su mariscal de campo estrella y al siguiente, estaba diciéndole que se había graduado y no volvería.

Aunque nunca lo mencionó, estaba segura de que sabía que algo había pasado entre nosotros. ¿Cómo no iba a saberlo si después de que Claude se fue, no podía mirar a Papá a los ojos?

No pasó mucho tiempo después de eso para que dejara de fingir ser alguien que no era. Había querido trabajar en el fútbol americano y pensaba que salir del armario como una mujer heterosexual acabaría con mis oportunidades. Pero que me negaran el único trabajo que había deseado sería mi penitencia.

Para mi sorpresa, sin embargo, después de decirle la verdad a Papá, nuestra relación profesional no cambió mucho. Todavía esperaba que lo acompañara en sus discursos después de los partidos en el vestuario. Y nunca permitió que ninguno de los jugadores me diera problemas.

Después de obtener el puesto de entrenadora principal en los Cougars, surgieron nuevos desafíos. El dueño del equipo era un fósil de otra época. Papá no podía protegerme como antes lo había hecho.

Ser buena en mi trabajo tendría que ser suficiente protección. Trabajar el doble de duro que todos los demás me gano un respecto a regañadientes. Incluso el dueño tenía que guardarse sus comentarios misóginos para sí mismo.

Si tan solo esa cámara no me hubiera capturado llorando. Pero después de salir del armario y poder mantener mi trabajo, quizá esa era mi verdadera penitencia. ¿Habría hecho el dueño tanto alboroto al respecto si yo fuera hombre? Probablemente no. He visto llorar a jugadores de fútbol americano antes. Ocurre más de lo que crees.

Sin estar lista para responder al mensaje de Papa, guardé mi teléfono en el bolsillo y bajé las escaleras. Al ver a alguien en la cocina a quien no había visto antes, supuse quién era.

—Eres el hijo que estaba en Nueva York en un funeral, ¿verdad? —pregunté al hombre fornido y de cabello oscuro que parecía tener mi edad.

No sonrió del todo, pero se notaba que intentaba ser amable.

—Soy yo. Y supongo que hablaste con mi madre.

—Sí, cuando me registre.

—Eres Merriam, ¿cierto?

—Sí. Pero puedes llamarme Merri —ofrecí.

—Cali —dijo él ofreciéndome la mano.

—Encantada de conocerte —dije, dándome
cuenta de repente de lo extremadamente atractivo que
era.

—¿Eras cercano al fallecido?

—No. Era el padre de mi pareja. Solo lo conocí
un par de veces.

—¿Te gusta Nueva York?

—No. Pero eso es probablemente solo por el
hermano de mi novia.

—Eso es una lástima.

—Hay gente para todo en este mundo —dijo él
saliendo de la cocina.

No queriendo estar sola, lo seguí.

—Entonces, ¿cómo es la vida nocturna por aquí?

Cali se detuvo y me miró confundido.

—¿Por aquí?

—Sí.

Él se rio.

—Vale. ¿Hay algo que pueda hacerme olvidar
que acabo de romper con mi novio? —dije. Había
empezado a salir con Jason bastante rápido después de
admitir que me gustaban los hombres, así que aún no
estaba segura de cómo funcionaba el coqueteo.

Cali me miró un momento y dijo: —Voy a una
noche de juegos en un rato. Mi novia todavía está en
Nueva York, así que faltarán parejas. ¿Te interesa unirte?
No es nada del otro mundo.

—¡Sí! —dije sin dejarlo terminar—. Dime cuándo y dónde. Allí estaré.

Cali sugirió que fuéramos juntos en coche. No era muy hablador, pero me contó que conoció a su pareja cuando ella se hospedaba en su pensión. Al parecer, hubo drama alrededor de ello, pero no entró en detalles.

Llegando a la entrada de una casa hermosa de dos pisos, nos recibió en la puerta Quin, una chica de cabello oscuro, de mi edad y un poco más baja que yo. Era dueña del lugar junto con su pareja, Cage, un hombre lo suficientemente grande como para jugar al fútbol.

Luego me presentaron a Lou. Era la compañera de universidad de Quin. Su pareja iba a llegar tarde. Y después de eso, conocí a Kendall cuyo novio estaba arriba.

—¿De dónde vienes de visita? —preguntó Quin mientras me pasaba una bebida.

—Florida.

Todos se miraron entre sí. Teniendo en cuenta la política en Florida, tuve una idea de por qué lo hacían.

—No es tan malo como parece —dije en defensa de mi nuevo hogar.

Lou, que al parecer era la graciosa, contestó: —¿Para quién? Porque desde aquí, parece muy mal. Y estamos en Tennessee.

Miré a todos, insegura de qué decir.

Quin replicó: —Se amable, Lou.

Lou respondió: —Corderito, siempre soy amable.

—Todos, sean gentiles. Acaba de romper con su novio.

—Lamento oír eso. ¿Te gustaría hablar de ello? —dijo Kendall con la empatía de un terapeuta.

—Piensa que estás fuera de servicio, Kendall —bromeó Lou.

—El dolor personal no funciona con horario —respondió Kendall.

—Pero mis tragos sí lo hacen. ¿Dónde está lo bueno? Debe ser 2 A.M. en algún lugar —dijo Lou, haciendo un gesto de agarrar algo.

—Estás en un estado inusual —comentó Cage, dando un trago.

—Ella extraña a Titus —le explicó Quin a Cage.

—Ustedes van al mismo colegio —le dijo Cage a Lou.

—Sí, pero entre el colegio, su empresa y las obligaciones del ayuntamiento, casi no lo veo —dijo Lou, fingiendo lágrimas.

—Eso es lo que pasa cuando te casas con alguien en política —dijo Cage con ironía.

—¿Estás casada? —pregunté, sorprendida.

—No —volvió a decir Lou, fingiendo lágrimas.

Cage añadió: —Hagas lo que hagas, no le pidas matrimonio. Es capaz de decir que sí.

Todos se rieron entre dientes.

—Eso es. Ríanse de mi dolor. Los odio a todos —dijo Lou, molesta.

—Pero sabes que te queremos —le dijo Quin, dándole un abrazo.

—Hablando de casarse —comenzó Lou, cambiando de tema—. ¿Cuándo vas a hacer finalmente una mujer honesta de esta? —le dijo a Cage.

Quin soltó a Lou y se acurrucó al lado de Cage.

—Quizás cuando su padre termine de redactar nuestro acuerdo prenupcial —dijo Cage con un toque de tensión.

—¿Le vas a hacer firmar un prenupcial? —le preguntó Lou a Quin.

—Mi padre lo hará antes de que bendiga la boda.

—Bien por él —respondió Lou—. Sabes que Cage solo te quiere por tu cuerpo, ¿verdad? ¿Y si pasa algo entre vosotros? ¿Qué mitad le va a tocar?

—Nuestro acuerdo prenupcial dice que la parte de abajo —bromeó Cage—. Pero yo solo quiero a mi nena por su cerebro.

—Ay, Cage —dijo Quin, girándose y besando a su novio.

Lou hizo un sonido de arcada.

Me giré hacia Cali, que había sido el único en no hablar. Pensando que estaba buscando una explicación, él dijo: —Quin es una genio, y su padre es un multimillonario.

Le hice con la boca un gesto que decía "Guau" a él.

—Estamos siendo maleducados —intervino Kendall, volviéndose hacia mí.

Lou respondió con: —Lo somos. Lo siento, ¿de qué nos estábamos burlando de ti, otra vez?

Hice como que no me acordaba.

—No le hagas caso —dijo Kendall—. ¿Qué te trae por estos lares?

—¿Huyendo de la mafia? —preguntó Lou.

Eso no obtuvo la misma reacción de todos.

—¿Qué? ¿He hablado demasiado pronto? —preguntó Lou, mirando a su alrededor.

—En fin —dijo Kendall, volviendo a centrar la atención en mí—.

—Estoy aquí por trabajo —expliqué.

—¿En serio? ¿Y qué haces? —continuó ella.

—Trabajo en fútbol americano.

Tan pronto como lo dije, todos se quedaron en silencio. Fue como si acabara de decir que era policía y estaba allí para hacer una redada.

Kendall miró a Cage y a Cali. —¿En qué aspecto del fútbol americano?

—Soy entrenadora asistente de los Cougars. Cuando nadie habló, pregunté: —¿Ustedes siguen el fútbol americano?

Fue entonces cuando voltee, al oír a alguien bajando las escaleras. Inicialmente no lo reconocí, ya que no lo había visto sin camiseta. Pero me di cuenta bastante rápido. Se me abrió la boca de golpe.

—¿Qué? —preguntó el hombre a los demás con su, ahora famoso, acento sureño—. ¿Quién es ella? —dijo, refiriéndose a mí.

—Tú eres Nero Roman —dije, incapaz de contenerme.

—Sí. ¿Quién eres tú? —replicó él, con todo su encanto sureño.

—Soy Merri Hail. Trabajo para los Cougars. Y soy una gran fan.

—¿Quién es? —preguntó Nero, buscando una explicación mientras se unía a nosotros.

—Está en mi casa —explicó Cali—. Estaba buscando una manera de olvidarse de una ruptura, así que la invité aquí. Pensé que equilibraría un poco los números.

—Ya veo —dijo Nero, mirándome mientras se decidía sobre algo—. De todos modos, ¿vamos a jugar a este juego o qué? Presiento que voy a tener una racha de victorias. ¿Te unes, Kendall?

—¡Oh, Kendall! —dije, reconociéndola—. Eres la novia de Nero que está estudiando para su doctorado en psicología clínica.

—En serio, ¿quién es ella? —preguntó Nero a Cage.

—Ya lo oíste. Es Merri y es entrenadora asistente de los Cougars. ¿Por qué dijiste que estabas en la ciudad?

—Estoy haciendo un trabajo de reclutamiento —dije, notando cómo me sudaban las palmas.

Una vez más, el silencio se apoderó de la habitación.

Con los ojos moviéndose por la habitación, Cage preguntó: —¿Y a quién has venido a reclutar?

—¡Oh, espera! Tú eres Cage Rucker, el hermano de Nero. Estableciste un récord de la División 1 por la mayor cantidad de pases en una temporada.

—Sí —dijo Cage modestamente.

—Entonces, ¿a quién estás reclutando? —preguntó Nero.

Tropecé con mis palabras. —Ah, Claude. Claude Harper. Es un pueblo pequeño. Tal vez lo conozcas.

El grupo volvió a mirarse entre sí.

Nero aclaró: —¿Dijiste que vienes de los Cougars?

—Sí.

—¿El equipo de la NFL? —añadió Nero.

—Sí —dije, confusa por la reacción de todos—. ¿Todos ustedes no conocen a Claude?

Nero dijo: —Oh, lo conocemos. Lo que nos confunde es por qué un reclutador de los Cougars estaría reuniéndose con él.

—¿Qué quieres decir? —pregunté, insegura de lo que estaba pasando—. ¿Están bromeando otra vez? No sé si es en serio.

Nero miró a Cage y luego a Cali. Las bocas de los tres hombres estaban abiertas.

—¿Me estoy perdiendo de algo?

Cage se recompuso y explicó.

—Es que algunos de nosotros en esta sala tenemos algo de experiencia en el fútbol americano. Incluso Cali estableció un récord el año pasado en yardas pateadas.

Me giré hacia Cali, asombrada.

—Y todos conocemos a Claude —continuó Cage—. Algunos mejor que otros. Pero ninguno de nosotros sabría por qué habría un reclutador de los Cougars reuniéndose con él.

Miré a todos confundida. —Están bromeando otra vez.

—¡No! —confirmó Nero—. Yo jugué con él en la escuela secundaria y hemos salido un par de veces desde que regresó. Y no tengo ni idea de lo que estás hablando.

Miré alrededor, perpleja.

—¿Ninguno de ustedes sabe sobre sus récords?

Todos miraron a Cali, quien respondió: —Ni siquiera sabía que había jugado en la universidad.

—Entonces, ¿no sabes?

—¿Saber qué? —preguntó Cage.

Me giré hacia Cage. —Con todo el respeto que te mereces, fuiste un buen mariscal de campo. Si no fuera por tu lesión, estoy segura de que podrías haber sido el mariscal titular en la mayoría de los equipos de la NFL. Pero Claude es un mariscal con un talento de otra generación.

—¿Claude Harper? —confirmó Nero.

—Sí.

—En la secundaria jugaba como receptor abierto —señaló Nero.

—Lo sé. En las pruebas lo vi lanzar y le dije al entrenador que lo probara como mariscal. Nos llevó a tres títulos consecutivos de D2.

—¿Claude Harper? —preguntó de nuevo Nero.

—¡Sí! No sabes cuán bueno es. Probablemente es el mariscal más increíble que he visto en mi vida.

Ante la falta de respuesta, continué.

—En una final de conferencia, íbamos perdiendo por 6 y solo quedaban 20 segundos en el reloj. Mi padre, quiero decir, el entrenador, llama una jugada. Él la descarta, hace audibles distintos para la línea ofensiva y los receptores, y luego, en medio de todo, inventa una jugada en el momento.

—En la banda, estábamos como, ¿qué estás haciendo? Pero entonces dan la señal, Claude baila entre la línea defensiva que se cuela por la ofensiva como un colador. Pensamos, se ha acabado. Pero como si fuera un milagro, se abre un espacio del tamaño del mar Rojo.

—¿Cómo? No lo sabemos. Todo lo que sabemos es que Claude de repente está corriendo por allí. Y sigue y sigue. Pensamos que iba a llegar hasta el final hasta que, de la nada, un esquinero está encima de él.

—Entonces, sucede algo asombroso. Deja caer el balón por el contacto con su propio cuerpo. El balón sale disparado y nuestro receptor abierto, que misteriosamente está allí, lo recoge en sus brazos y corre hasta la zona de anotación.

—El público se volvió loco. Al receptor le dieron el balón del partido. Se convirtió en una leyenda por rescatar a nuestro desastroso mariscal.

—Pero lo que pasa es que el entrenador y yo estudiamos su jugada. La jugada que Claude llamó habría puesto al receptor exactamente donde necesitaba estar para recoger un balón soltado por un mariscal que había recorrido el campo y había hecho contacto accidental con el balón por la presión de un esquinero que se acercaba.

—¡La jugada entera fue intencional! Se le ocurrió en el momento con 20 segundos restantes y el partido en juego. ¡Es increíble! ¡Y ese ni siquiera es el único caso! —dije sintiendo mis ojos arder y mi nariz congestionada.

—Podría contarte historia tras historia de él pareciendo que no sabía lo que hacía, o descartando nuestras jugadas y llamando las suyas porque, al hacerlo, ganábamos el partido. Pero si le preguntas si pretendía hacer alguna de esas cosas, dirá: "No. Supongo que solo tuve suerte".

—Ese hombre nos llevó a tres títulos divisionales. Nadie tiene tanta suerte. Es el jugador más brillante que he visto en mi vida. Y gracias a él mi padre conservó su trabajo y yo soy asistente de entrenador en la

NFL. ¡Es simplemente asombroso! —dije con lágrimas en los ojos.

Hubo un silencio.

—¿Claude Harper? —preguntó de nuevo Nero.

—¡Sí, Claude Harper! El increíblemente brillante Claude Harper —le dije con una sonrisa llorosa.

—¡Mierda! —exclamó Nero.

—¿Sabías algo de esto? —preguntó Cage a Cali. Cali estaba sin palabras.

—Yo… Yo… No —dijo pareciendo perturbado.

—¿Te lo estás inventando? —protestó Nero.

—No. Por eso estoy aquí.

—Entonces, estás diciendo que Claude hizo todo eso, ganó tres títulos nacionales, y nunca compartió una palabra de ello con nadie —preguntó Nero.

Consideré su pregunta.

—Quiero decir, si conoces a Claude, supongo que no es tan sorprendente —admití.

—¿Sabes quién es él? —dijo Nero señalando a Cali.

—¿Quién? ¿Cali?

—También conocido como el hermano de Claude —explicó Nero.

—¿Qué? —dije girándome hacia el atractivo chico blanco frente a mí.

—Somos medio hermanos —explicó Cali.

—¿Tu hermano? —pregunté preguntándome cuánto sabía él sobre mí y lo que había hecho.

—Yo y Titus.

—¿Claude tiene dos hermanos? Nunca me mencionó eso —dije conmocionada.

—¿Eran ustedes cercanos? —preguntó Kendall.

—Pensé que lo éramos —dije con hesitación.

—Yo también lo creía —respondió Cali.

—¡Mierda, tengo que ver esto! —dijo Nero saliendo de su estupor.

—Creo que todos queremos —confirmó Cage.

Me giré hacia ellos. —He tenido problemas para conseguir que considere mi oferta.

—¿Qué le estás ofreciendo? —preguntó Nero.

—Una prueba para los Cougars.

—¿Qué dice? —preguntó Cali.

—Dice que no ha tocado un balón desde nuestro último juego hace dos años.

—Eso es real —señaló Cage—. Lo que no prácticas, lo pierdes. Créeme, lo sé.

—Con todo el respeto, Cage, puede que el talento de Claude esté a otro nivel —me giré hacia Nero—. Dijiste que jugaba de receptor en la secundaria, ¿verdad? Porque eso es lo que él también me dijo. Pero era tal mariscal increíble, que hubo veces que pensé que mentía.

—Si pudo tomar una posición que nunca había jugado en su vida y jugar a ese nivel, no creo que una pausa de dos años haga mucha diferencia —concluí para todos.

—Cage, tengo que ver esto —repitió Nero.

—Yo también —Cage estuvo de acuerdo.

—¿Cómo hacemos que esto suceda? —preguntó Nero al grupo.

Tras un segundo de reflexión, dije: —¿Podrían organizar una práctica de juego? Apuesto a que, si pones a Claude en un campo, todo volverá automáticamente a él —les dije pensando que también podría ayudarlo a recordar el amor que tenía por el fútbol… y por mí.

—Probablemente podría organizar eso —declaró Cage—. ¿Estarías disponible para jugar? —le preguntó a Cali.

—Sí, claro.

—Entonces seríamos yo, Nero, Cali. Probablemente podríamos involucrar a Titus.

—Podrías preguntar a algunos de tus jugadores —sugirió Nero.

—¿Tus jugadores? —pregunté a Cage.

—Entreno al equipo de la escuela secundaria. Entrené a Cali —dijo Cage con una sonrisa.

—Oh. Genial —dije, sintiéndome de repente como en casa.

—Sí. Estoy seguro de que a algunos de los jugadores les gustaría esto. Llevan semanas preguntándome cuándo iba a venir Nero a hablar con ellos.

—Bueno, ahora tienen un entrenador asistente de los Cougars —dijo Nero, señalándome con una sonrisa.

—No sé por qué querrían escuchar algo de mí. Pero si lo desean, por supuesto estaría encantada de decir unas palabras.

—Entonces, está decidido —dijo Cage—. Mañana Claude se unirá a nosotros para un partido improvisado.

—Si conozco bien a Claude, no va a aceptar eso —respondió Cali—. Pero aparentemente, no lo conozco en lo absoluto. Así que, no lo sé.

—No lo entiendo —dije, todavía muy confundida—. ¿No hablaba para nada de fútbol americano cuando volvía a casa durante las vacaciones?

—Ellos no sabían que eran hermanos hasta hace unos meses —explicó Cage.

—Sí, eso parece ser algo común en nuestro pueblo —añadió Nero.

—¡Ahhh! Eso tiene más sentido —dije, sintiéndome mejor por el hecho de que Claude no me lo hubiera dicho.

—Creo que tienes razón, Cali —coincidió Nero—. No vendrá si le decimos el motivo.

—¿Qué propones? —preguntó Cage.

Nero respondió: —¿Por qué no decimos simplemente que estamos organizando algo de último minuto para el cumpleaños de alguien? ¿Quién cumple años pronto?

—El mío fue el mes pasado —se ofreció Cage.

—Perfecto —declaró Nero—. Diremos que querías reunir a los chicos para un partido post-cumpleaños porque te sentías viejo y nostálgico de tus días de gloria —dijo Nero, bromeando con su hermano.

—Cumplí 25 —protestó Cage.

—Como dije, viejo —le dijo Nero entre risas.

—Te veré en dos años —le dijo Cage a Nero.

—Mejor haz que sean tres —dijo Nero orgulloso— No hagas que suene como si estuviera pasado de moda, como tú.

Cage miró a todos algo molesto. Al hacerlo, Quin lo abrazó y lo besó en la mejilla.

—No te preocupes, siempre te querré.

—Gracias —dijo ella mirándolo con una sonrisa.

—Y a mí me gusta estar con un hombre mayor —bromeó Quin.

—¿Qué? —exclamó Nero, encantado por las bromas de Quin—. ¿Quin? ¡Respeto!

—¿Tú también? —protestó Cage.

—Estoy bromeando.

Cage cambió el tema. —En fin, tenemos un plan. Voy a llamar a Claude. Y después, ¿podemos por favor empezar a jugar? —dijo antes de marcharse a una habitación tranquila.

—Ah, ahora está enfadado —dijo Nero dirigiéndose a mí—. Esos dos van a intentar limpiar el piso con nosotros.

Cali explicó: —Cuando Cage y Quin juegan juntos, son realmente difíciles de vencer.

Kendall añadió: —Cualquier persona junto a Quin es difícil de vencer. Yo elijo a Quin como compañera.

—¿Así que me vas a abandonar así, compañero? —protestó Nero, dolido.

—Después de cómo hiciste enojar a Cage, no quiero formar parte del baño de sangre que has creado. Yo quiero ganar.

Todos se rieron.

—Se supone que yo soy el competitivo en esta relación —explicó Nero—. Tú tienes que ser la buena persona.

—Lo soy. Pero también soy inteligente —bromeó Kendall.

—Ya veo hacia dónde va esto. No te preocupes, Lou y yo vamos los vamos a destruir —dijo Nero rodeando con sus brazos musculosos a la compañera de piso de Quin.

Lou siseó y retiró el brazo de Nero. —Parece que va a ser nerds contra deportistas.

—Bien. Se pueden ir todos al infierno — proclamó Nero—. De todas maneras, los vamos a derrotar así de fácil—dijo, poniendo sus brazos alrededor de Cali y de mí.

—¿De verdad tenemos alguna oportunidad? —le pregunté a Cali.

—Ni la más mínima —respondió ella.

—Lo siento, chicos —susurró Nero en nuestros oídos.

Una vez que Cage regresó y confirmó que Claude estaría en el entrenamiento, comenzamos a jugar. A pesar de perder estrepitosamente en todo lo que jugábamos, incluso así, fue una noche divertida.

Todo el tiempo me pregunté por qué Claude no estaba allí. Después de unas copas, le pregunté a Cali.

—Claude no viene a este tipo de cosas —explicó él.

—Lo hemos invitado —se ofreció Quin, que nos había oído—. Nunca viene.

—¿Por qué no?

Quin se encogió de hombros. —No sé.

—Tal vez no puede soportar toda la maldita traición —dijo Nero mirando a su novia.

Kendall replicó: —Lo siento, no puedo oírte con el ruido de todas las victorias.

—Esto te lo buscaste tú mismo —añadió Lou.

—Nos lo busco a todos —corrigió Cage.

—Fuego amistoso —dijo Quin, mirando a su novio con anhelo.

Observando cómo interactuaba este grupo, me di cuenta de lo que faltaba en mi relación con Jason. Él y yo no nos divertíamos juntos. Sacrificaba hacer cosas divertidas para estar con él. Y no era que él fuese aburrido. Simplemente nos divertíamos de maneras distintas.

A mí me encantaría formar parte de un grupo como este. Entonces, ¿por qué Claude no aceptaba las invitaciones de Quin?

Sé que solía disfrutar de reuniones grupales. En la escuela, íbamos a cosas como esta todo el tiempo. No lo habría descrito como el alma de la fiesta, pero hablaba más de lo que lo hizo Cali esta noche.

Extrañaba pasar tiempo con Claude. Sí, nunca hubo un momento en el que no me sintiese atraída por él, pero también era mi mejor amigo. Nos divertíamos mucho juntos. Si él estuviese aquí esta noche, podría imaginarlo uniéndose a las bromas y luego haciendo todo lo posible por ocultar su lado ultra-competitivo.

Le gustaba fingir que todo le daba igual, pero había una razón por la que podía inventar increíbles jugadas de fútbol, así de la nada. Realmente quería ganar. Simplemente actuaba como si no le importara. Podría haberlo ocultado a todos los demás, pero no a mí.

Abrazando a todos y agradeciéndoles por la mejor noche que había pasado en mucho tiempo, seguí pensando en Claude mientras conducíamos de vuelta a la pensión.

—Gracias por invitarme —le dije a Cali.

—No hay de qué.

—¿Crees que Claude vendrá mañana?

—Tal vez.

—¿Crees que va a cancelar? —le pregunté a Cali, sin haberlo considerado.

—Siempre aparece cuando la gente lo necesita. Pero considerando que Cage le dijo que era una cosa de cumpleaños, no me sorprendería que se presentara.

Reflexionaba sobre la primera parte de lo que Cali había dicho. Era verdad. Claude siempre había estado ahí cuando lo necesitaba. Eso había hecho que resistirse a enamorarme fuera aún más difícil.

Pensando en el pasado, ¿había alguna manera de que las cosas no terminaran como lo hicieron entre nosotros? En ese momento, estaba tan enamorada de él que no podía ver con claridad. Después de pasar una noche a su alrededor, me sentía ebria, sin necesidad de haber tomado alcohol.

Dejarlo, para luego sentarme sola en mi habitación de la residencia estudiantil, rápidamente me llevaba a una espiral de tristeza. Era una droga a la que era adicta. Así que después de que me dijera que cortaría por completo mi suministro, entré en pánico. Necesitaba de él para respirar, sin embargo, no podía tenerlo.

Volver a ver a Claude me estaba trayendo muchos de los viejos sentimientos de vuelta. Siendo mayor y un poco más sabia, no iba a permitirme enamorarme de él como lo había hecho antes. Sí, quería que volviera a mi vida. Extrañaba a mi mejor amigo. Pero eso era todo lo que buscaba.

No quería volver a engancharme a él. Odiaba ser una yonqui. Y al perderlo, me perdí a mí misma.

No, no iba a volver a aquel lugar. Nuestro equipo necesitaba un mariscal de campo y yo necesitaba a mi mejor amigo.

Habiendo conseguido lo más cerca que estaría de ser perdonada, no iba a estropear las cosas. Así que incluso si, por algún milagro, él estuviera interesado en mí, no podríamos estar juntos. Significaba demasiado para mí. No podía permitir que sucediera.

Capítulo 8

Claude

Cuando recibí la llamada de Cage, no sabía qué pensar. ¿Me estaba invitando a su encuentro post-cumpleaños porque me había visto trotando cerca de su casa? Sería humillante si así fuera. Por más que quisiera conectar con él, seguía siendo el único chico afroamericano del pueblo. Como decía mi madre, yo era el representante de mi raza para todos los que vivían aquí. Tenía que actuar con respeto. Era mi obligación y deber hacia mi gente.

Aunque me resultara ridículo incluso pensar esas palabras, he reflexionado mucho sobre lo que me dijo mi madre desde ese momento. He pasado años analizándolo y desafiándolo en su premisa. Mi conclusión ha sido que es cierto.

Eso significaba que mis necesidades venían en segundo lugar. Quería a Cage como amigo. Como mínimo, estaba desesperadamente necesitado de sentirme conectado con alguien. Pero tenía que hacerlo de manera digna. Conseguir una invitación por lástima porque me había atrapado acechándolo no era digno.

Pero cualquiera que fuera la razón por la que me estaba invitando, iba a ir. Necesitaba esto. Era como nadar hacia la superficie para respirar. Y no iba a estropear esta oportunidad.

—¿Voy a verte en el campo? —me escribió Titus mientras me preparaba para salir.

—¿Tú vas? —respondí.

—En camino hacia allá ahora mismo. Creo que Cage está teniendo una crisis de cuarto de vida.

—¡Ja!

—Cali quería asegurarse de que venías.

—¿Cali?

Titus envió un emoji de encogimiento de hombros.

Al parecer, todos iban a estar allí. Habiendo visto recientemente al hermano de Cage, Nero, por el pueblo, asumí que él también estaría. Esto iba a ser una buena manera de distraerme de Merri y su oferta.

Lo que más me persuadía para aceptar los entrenamientos de Merri era el pensamiento de que podría volver a ser parte de un equipo. Pero tal vez no necesitaba la ayuda de Merri para eso. Tal vez podía encontrar lo que necesitaba aquí sin ella.

—Nos vemos allí —le envié a Titus con creciente expectativa.

—¿Aún recuerdas cómo jugar? ¡Jaja! —bromeó Titus.

—Es el deporte con la pelota redonda y la canasta, ¿verdad?

Me respondió con un emoji de risa en el suelo. —Cerca.

No estaba seguro de por qué no le había contado a nadie en el pueblo sobre mi pasado en el fútbol americano. ¿Será que no me lo tomé en serio? No, no era eso. Tal vez fue porque lo había tomado demasiado en serio.

Incluso con el equipo dependiendo de mí, tenía dificultades para expresar cuánto me importaba. Cuando estaba solo, nunca miraba la televisión. Estudiaba jugadas y partidos que encontraba en YouTube. Incluso había noches en las que no podía dormir porque seguía repasando jugadas posibles en mi mente.

Por mucho que la forma en que Merri me trató influyera en mi decisión de graduarme antes, tenía que admitir que no era el único factor. Había estado obsesionado. Nunca lo demostré, pero vivía y respiraba fútbol americano. Ganar traía euforia y perder, una desesperación en espiral.

No le conté a nadie que así era, porque era demasiado vergonzoso. Solo era un juego. No debería haberlo querido tanto. Pero lo hacía. Nunca quise decepcionar a mi equipo. Y definitivamente no quería decepcionar a Merri.

Merri había cambiado mi vida. Ella creyó en mí antes de que yo creyera en mí mismo. Me gustaba la forma en que me veía a través de sus ojos.

Eso fue lo que hizo que el final de nuestra amistad fuera tan doloroso. Mi madre me hizo creer que nadie jamás me vería más allá del color de mi piel. Y por un tiempo, estar con Merri me hizo creer que estaba equivocada.

Entonces, cuando llegó el momento, lo que más temía resultó ser cierto. A los ojos de todos los demás, yo era solo un estereotipo, incluso ante la única persona en la que creí que no lo era.

Pero ella lo había explicado, ¿no? Dijo lo que dijo porque estaba enamorada de mí. La había herido diciéndole que me iba. Como respuesta, ella dijo cosas en las que no creía.

Considerando eso, ¿era justo seguir enfadado con ella?

Además, si soy honesto, le dije que me iba con la esperanza de lastimarla. Durante semanas antes del final, ella me había tratado como a un idiota. En un momento, no solo dejó de enviarme mensajes de texto, sino que también dejó de hablarme cuando estábamos en los mismos eventos.

Incluso dejó de mirarme a los ojos. Extrañaba sus amables ojos grises como el acero. No poder ver mi reflejo en ellos, perdí el sentido de quién era.

Ella me había lastimado. Yo la había herido. Y luego dijo algo que lo que no podía retractarse. Fue entonces cuando me fui.

Y si sigo siendo honesto, había una parte de mí que pensaba que ella iba a seguirme. Después de todo, ¿no comenzó todo esto por la manera en que ella me trataba? ¿Y no fue ella quien llevó las cosas demasiado lejos?

Sí, no se lo puse fácil para que se disculpara. ¿Pero se suponía que debía hacerlo? Me importaba más que nadie hubiera conocido, y ella había cruzado un límite. Ella podía ver que me costaba confiar en la gente, ¿verdad? Sin embargo, había traicionado mi confianza.

¿No se había dado cuenta de lo que había hecho? Hubo un tiempo en el que pensé que necesitaba a Merri. Ella había sido mi fuente de amigos, mi fuente de valentía y mi fuente de sentirme bien conmigo mismo.

Pero ¿era eso cierto ahora? Sin su ayuda, finalmente estaba construyendo aquí una vida por mí mismo. Cage me había invitado a pasar el rato sin ninguna intervención de Merri. Tal vez no la necesitaba como pensaba.

Entonces, ya sin necesitarla y con una disculpa con dos años de retraso, ¿en qué punto nos encontrábamos? No estaba seguro. Mentiría si dijera que no había extrañado a mi amiga. Mi vida no había sido la misma sin ella.

Antes de que las cosas se torcieran entre nosotros, éramos inseparables. Hablábamos todos los días. Comíamos juntos siempre que podíamos. Y me sentía mejor después de verla, incluso si era solo para oírla quejarse de sus "amigas".

Hablando de eso, es difícil creer que haya sido hetero todo este tiempo. El pensamiento me hizo sentir algo. Apenas conocía a Merri sin una novia. ¿Y ahora decía que todo había sido una farsa? ¿Que había estado enamorada de mí desde el día en que nos conocimos?

¿Y si Merri era con quien debía estar? ¿Sería tan loco? Ella había dicho que estaba enamorada de mí. Y yo ciertamente la había querido. Pero ¿la amaba de la misma manera?

Dejando de lado ese pensamiento, terminé de vestirme para el partido de Cage y conduje hasta allí. Cage lo organizaba en mi antigua escuela secundaria, donde él era el entrenador y profesor de educación física. Al llegar, vi más autos en el estacionamiento de lo que esperaba. Había casi suficientes para hacerme pensar que se celebraba un partido.

Al salir del auto y rodear el edificio, vi espectadores en las gradas. Localizando a Titus, me acerqué a él.

—¿Qué está pasando? —le pregunté, obteniendo una mirada de desconcierto a cambio.

—No sabía nada de esto —dijo con sospecha.

—¿De qué?

—Sabes que te lo habría dicho, ¿no?

—¿Dicho qué?

Titus señaló a una chica sentada en las gradas.

—¡Merri! —exclamé, sintiendo un apretón en el corazón—. ¿Qué hace aquí?

—No tengo nada que ver con esto —dijo Titus, levantando las manos defensivamente y alejándose.

Mirando más allá de lo que debía ser el equipo de fútbol americano de la escuela secundaria, vi a Cage. Caminé hacia él, todos me miraban como si supieran algo que yo no sabía.

—Oye, Cage —dije indeciso—. ¿No habías mencionado que solo seríamos unos pocos? —pregunté, señalando hacia la veintena de personas en las gradas.

—Sí, se corrió la voz de que Nero iba a venir. Supongo que algunos no tienen nada mejor que hacer un sábado —respondió con una sonrisa.

—Supongo —repetí, aún sin entender qué sucedía.

—¡Claude, hijo de perra! —exclamó Nero al acercarse y saludarme con una palmada en la espalda—. ¿Cómo demonios no lo sabíamos?

—¿Saber qué?

—Que, durante toda el secundaria, estuvimos jugando con una especie de genio del fútbol americano.

Me crispé en cuanto lo dijo. "Merri".

—Sí, claro, Merri —confirmó Nero.

—Ella te lo conto —comprendí de repente, entendiendo por qué Cage me había invitado.

No era por lástima ni porque finalmente estuviera construyendo una vida para mí aquí. Una vez más había sido por Merri. ¿Qué era mi vida sin ella?

—Sí, nos lo dijo —confirmó Nero—. ¿Y por qué tuvo que ser así? ¿Ganaste tres campeonatos?

—No es para tanto.

—¿Que un cazatalentos de la NFL ha venido a este agujero de ciudad para reclutarte? Ni siquiera yo tuve eso y casi fui el número uno en la selección de jugadores.

—No es así. Es una amiga. Tenemos historia.

—Apuesto a que sí —dijo Nero, mirando a Merri—. Tampoco está mal a la vista, ¿eh?

—No lo dije en ese sentido.

—Uh-huh —dijo con escepticismo —. De todos modos, vamos a ver ese brazo asombroso tuyo. Eres el mariscal de campo de mi equipo. Amigo, vas a ser el mariscal de campo para tus hijos.

—Mira, no he jugado al fútbol americano desde…

—Desde ganar el campeonato nacional de la División II. Lo sabemos. Nos enteramos —se burló Nero.

Miré de nuevo a Merri.

—¿Cómo se conocieron ustedes dos?

—No te preocupes por eso. Solo ocúpate de pasarle el balón a uno de los mejores corredores de la NFL. ¿Crees que puedes hacerlo? —preguntó Nero, empujándome el balón a las manos con una sonrisa carismática.

No respondí. En vez de eso, noté cómo el cuero del balón se sentía contra mi piel. Había olvidado esa sensación. ¿Cuál había sido el sentido de tocar uno si Merri no había estado allí para verlo?

Miré nuevamente a Merri sentada en las gradas. Ella me estaba mirando. Desviando la atención hacia abajo, hacia los jugadores que se agrupaban alrededor de su mariscal de campo, las cosas comenzaron a sentirse familiares.

—¡Reúnanse! —llamé, mientras todo volvía lentamente a mí.

Nero, Titus, Cali y algunos estudiantes de Cage se unieron a mí. Preguntando a los desconocidos qué posiciones jugaban, establecí una formación. Nero era corredor, pero usaría su velocidad como receptor abierto. Titus y dos de los estudiantes serían mi línea ofensiva. Y Cali, que era uno de los mejores pateadores universitarios del país, sería mi receptor flotante.

Mirando a través de la línea de golpeo al equipo de Cage, vi que sus estudiantes se lo tomaban tan en serio como yo. Probablemente Cage les había dicho que un cazatalentos de la NFL estaba observando. Eso estaba lo suficientemente cerca de ser verdad y significaba que jugarían como si sus carreras dependieran de ello. ¡Genial!

—¡Abajo! ¡Listos! ¡Ya! —grité.

El césped y los cuerpos volaron por todas partes. Con Titus delante de mí, encontré la zona de protección. Con la mirada alternando entre Cali y Nero, esperé hasta que Nero se deshizo de su defensor y lancé el balón. Todos se detuvieron a observar. Con la velocidad de Nero, tuvo que viajar cuarenta yardas antes de finalmente llegar a sus manos.

—¡Touchdown! —gritó Nero, bailando en la zona de anotación.

Me volví para encontrar a Merri. Se había puesto de pie para ver el pase. Con Nero realizando el baile de celebración más atroz que jamás había visto, Merri me miró y sonrió. Algo dentro de mí se iluminó. Por primera vez en años, me sentí vivo.

Pasando a la defensa, Titus tomó la delantera. Dirigiéndonos a donde necesitábamos estar, nos posicionamos y luchamos mientras la organizada línea ofensiva de Cage nos contenía. Como si fuera un juego de tirar la cuerda, el receptor abierto de Cage se liberó de la cobertura defensiva de Nero y anotó un touchdown.

—¡Quédate con él! —grité.

—No es mi trabajo —respondió Nero.

—¡Quédate con él! —insistí, sabiendo que Cage estaba dispuesto a demostrar que seguía siendo tan bueno como antes.

Fue entonces cuando empezó la verdadera diversión. En un duelo uno a uno con Cage, me volví hacia Titus.

—Quiero que defiendas, te escapes de tu hombre, gires, recibas y corras. ¿Entendido?

—Entendido.

—Repite.

—Defender, escapar, girar, recibir y correr —confirmó.

Me impresionó. Esas no eran instrucciones que los linieros ofensivos recibieran a menudo.

—Y luego simularás el pase a él y me encontrarás a mí, ¿verdad? —preguntó Nero.

Lo señalé.

—Señuelo.

—¿Estás bromeando? —desafió Nero.

—¡Señuelo! Repítelo.

Nero suspiró. —Señuelo.

—Listos —ordené, enviando a todos a sus posiciones.

—¡Hut! —grité antes de ver la jugada desarrollarse.

Titus defendió, superó a su hombre, corrió, giró y esperó. Había estado lo suficientemente cerca. Porque con Cage mandando a ambos defensas en profundidad tras Nero, Titus quedó completamente desmarcado. Golpeándolo con un pase rápido cual proyectil, cerro sus manos alrededor de la pelota y se encaminó hacia la zona de anotación.

—¡Touchdown! —gritó Nero mientras Titus colapsaba desesperadamente sin aliento.

Cage y yo cruzamos miradas. Estaba impresionado, sin haber visto venir la jugada. Fue entonces cuando se puso serio, trazando jugadas como si fuera un juego de campeonato.

Utilizando las cuatro oportunidades y nuestra débil defensa, Cage anotó eventualmente. Pero yo apenas había empezado. Diseñando una jugada para que Cali anotara, la preparamos y ejecutamos.

—¡Touchdown! ¿Viste eso, hermano? Cada persona en nuestro equipo va a anotar, y no hay nada que puedas hacer para detenerlo —dijo Nero eufórico.

Aunque no lo había dicho, Nero había descubierto mi plan. Iba a diseñar una jugada para cada uno de mis jugadores para que todos tuvieran la oportunidad de anotar. Nero no lo había facilitado anunciándoselo a sus defensores, pero más difícil era mejor.

Con los cuatro estudiantes de secundaria mirándome nerviosos, les mostré mi puño. Volviéndome al primero de ellos, pregunté:

—¿Alguna vez has anotado en un partido?

—Juego en la línea defensiva y caliento el banquillo —dijo prácticamente temblando.

—Si corres, ¿puedes llegar a la zona de anotación?

Sin decir una palabra, se puso a correr. Tuve que llamarlo de vuelta.

Nero soltó una carcajada. — Menos mal que no sabrán a quién lanzarás a continuación.

—No lo sabrán si eres el mariscal de campo. ¿Sabes cómo hacer una entrega directa?

Alineándose en la línea de golpeo a la izquierda de Titus, todos en el equipo de Cage me miraban confundidos.

—¡Listos, ya, hut! —gritó Nero antes de que supieran lo que estaba pasando.

Curvándome detrás de él, tomé el balón y corrí. Aún sin saber qué estaba pasando, la defensa se desmoronó detrás de mí. Arrastrándolos al otro lado del campo, grité: —¡Eh!

Fue suficiente para que mi defensa suplente se diera la vuelta. Disparando el balón a través del campo, lo impacté justo en las manos. Pensé que había sido demasiado fuerte, pero lo agarró. La expresión en su rostro fue increíble. Nunca había visto a alguien irradiar tanta alegría.

—¡Touchdown! —gritó Nero, corriendo hacia mí y abrazando mi cuello.

El último de los estudiantes de secundaria no fue fácil. Para él, ejecutamos jugadas que nos avanzaron cinco metros cada vez. Ahora comprometidos con la idea, a un metro de la zona de anotación, todos bloqueamos mientras el último de nuestros jugadores anotaba su touchdown.

Mi equipo gritó victorioso. No podía imaginar que se hubieran divertido más de lo que lo hicieron hoy. Yo también lo disfruté, aunque no lo demostré. Era suficiente saber que yo lo había hecho posible. Y estaban pasándolo en grande sin mí.

—Hermano, parece que es mejor que tú —provocó Nero a Cage. —¿Dónde estaba todo esto cuando lo necesitábamos en la escuela secundaria? —me preguntó.

—Teníamos un mariscal de campo —le recordé.

Me lanzó una mirada más molesta que divertida.

Mientras Merri se acercaba, Nero se giró hacia ella y dijo: —Supongo que no mentías.

—No lo hacía —dijo Merri, radiante.

Tener a Merri tan cerca me hacía sentir cálido. Quería preguntarle desesperadamente si me había visto. No lo hice, sabiendo que lo había hecho.

—No, en serio, Claude —intervino Titus, pareciendo impresionado —. ¿Por qué nunca probaste como mariscal de campo en la escuela secundaria?

Los miré a él y luego a Nero y Merri.

—Supongo que no quería causar revuelo.

—¿Así que dejaste que alguien, que no era tan bueno como tú, tuviera lo que tú te merecías? —desafió Titus.

—Lo dices como si hubiera sido la primera vez. Mi vida ha sido un baile en esa línea entre ser lo suficientemente bueno y ser demasiado bueno. Cuando tienes mi aspecto, la gente no puede verte como una amenaza. Las cosas pueden volverse peligrosas —dije con una sonrisa forzada.

—Y con "tener tu aspecto", te refieres a ser de color —preguntó Titus directamente.

Miré alrededor, sin necesidad de reconocer la verdad de ello.

—¡Mierda! —exclamó Cali —. Eso jode mucho.

—Te acostumbras —dije, minimizando lo mucho que me pesaba.

—No deberías tener que acostumbrarte —dijo Cali con enojo.

—Gracias —suspiré —. ¿Les importa si me retiro?

Todos los chicos se miraron entre sí.

Cage, que se nos había unido, respondió: —Quin y los demás están preparando una barra libre en nuestra casa. Esperábamos que te unieras a nosotros.

—En realidad estoy bastante cansado. Hace tiempo que no juego. No estoy en la misma forma que solía estar.

—Oh, vale —dijo Cage, decepcionado—. Si cambias de opinión, sabes dónde estamos.

—Claro —contesté con una sonrisa.

Cuando todos, excepto Merri, se habían ido ella preguntó:

—¿Seguro que no quieres unirte a ellos? Cali me invitó a la noche de juegos ayer. Fue divertido. Son un gran grupo.

—Puedes ir si quieres —le dije, sin estar seguro de cómo los había conocido.

—No, solo pensaba que tal vez quisieras.

—Estoy bien —le dije, sintiéndome ya mucho más expuesto de lo que me sentía cómodo.

—¿Adónde vas? —me preguntó Merri.

—Todavía no lo tengo claro.

Merri me miró nerviosa.

—¿Te importaría si te acompaño?

Lo pensé. Aunque quería que lo hiciera, me preguntaba si debía permitirlo.

—Está bien —dije, caminando hacia mi coche.

—Es que no he traído coche, así que…

—¿Dónde te alojas?

—En la pensión de Cali.

—Así que así acabaste en la noche de juegos —me di cuenta.

—Le pedí a Cali que me enseñara la vida nocturna del pueblo.

Me reí.

—Lo siento por eso.

—No lo sientas. Bebidas gratis, chicos atractivos y, si cuentas lo que Quin hizo en nuestros tableros de juego, hasta hubo baile. ¿Qué más se puede pedir?

Me reí.

—Bueno, ¿hay alguna otra parte del pueblo que te gustaría ver mientras estás aquí?

Merri sonrió.

—Vi en una página web que esta zona tiene más cascadas que cualquier otra parte del país.

—Sí. Creo que he leído eso en alguna parte —dije, entretenido al ver que me citaba la página web de mi propia empresa de turismo.

—Bueno, no he hecho reservas, pero sería bonito ver algunas de ellas.

—¿Quieres un tour fuera de temporada? —confirmé.

—Quiero decir que no quiero parecer una presumida, pero conozco a uno de los dueños. A lo mejor podría convencerlo para que nos deje.

—Espero que conozcas al amable. Porque el otro puede ser un verdadero imbécil —dije, mientras Merri me clavaba la mirada.

—Oh, yo no sé. Creo que el otro también es bastante agradable. Deberías intentar ser más amable con él. Al menos, eso es lo que estoy haciendo —dijo ella con una sonrisa vulnerable.

Mi pecho se apretó al escuchar sus palabras. Merri estaba intentando que empezáramos de nuevo. No odiaba esa idea. Y la idea de tenerla de nuevo en mi vida se sentía bien.

—¡Ja! Avísame cómo te resulta eso —dije, conteniendo todo lo que quería decir.

Dirigiéndome a la oficina, estacioné y acompañé a Merri al área de almacenamiento detrás de la cabaña principal.

—Titus es el que suele dar los tours.

—Así que tú eres el cerebro y él los músculos —dijo ella coqueteando.

—Se podría decir —respondí, mientras mi cuerpo reaccionaba a su insinuación—. ¿Qué te parece mojarte?

—No sabes cuánto tiempo he estado esperando a que me hicieras esa pregunta —dijo ella con una sonrisa.

Me reí.

—Ten cuidado con lo que deseas —la advertí.

—¿Por qué? ¿Me harás arrepentirme?

—Podría —le dije, sintiendo la electricidad chispear entre nosotros.

—Me gustaría ver eso —dijo Merri, colocando su cuerpo a centímetros del mío.

Sintiendo el calor pulular entre nosotros, di un paso atrás.

— Tú ganas.

Este era un juego que solíamos jugar. En aquel entonces, era entre un chico heterosexual y una lesbiana. Al menos eso creía yo. Ella siempre había estado dispuesta a ir un paso más allá de lo que yo estaba. Pero eso era antes. La cuestión era, ¿por qué iniciaría el juego ahora? Ella había dicho que había estado enamorada de mí.

No era cruel. No jugaba con los sentimientos de la gente. Entonces, ¿por qué había coqueteado de vuelta?

Incapaz de dejar de lado la pregunta, Merri me ayudó a sacar una de las canoas y juntos la llevamos al río cercano.

—¡Esto es increíble! —exclamó Merri, maravillada ante la escena frente a nosotros.

—¿Entiendes por qué volví? —pregunté con una sonrisa.

Merri trató de responder convencida, pero no pudo. —Sí, ahora lo entiendo.

Era obvio que no era así. Al menos no por el paisaje. Y eso tenía sentido porque no era verdad. Había vuelto a casa por ella. Me había herido y no podía lidiar con ello.

Aunque me había gustado cómo me veía a través de los ojos de Merri, también sabía que ella nunca me había visto de verdad. Estaba seguro porque nunca se lo permití. No se lo permití a nadie.

¿Qué pasaría si lo hiciera? ¿Qué pasaría si por una vez dejara que alguien entrara? ¿Qué haría eso conmigo? ¿Cómo cambiaría las cosas?

—No bromeabas con lo de mojarse —dijo Merri después de que le explicara cómo íbamos a entrar en la canoa.

—Hubo una época en que no podía sacarte del agua. ¿Recuerdas cuando te metiste a nadar con centímetros de nieve en el suelo? —le recordé.

—Fue en Big Bear. Me arrepiento hasta el día de hoy. Es un milagro que todavía tenga ambos pezones.

Me reí.

—Bueno, el río no está tan frío —le dije mientras me quitaba los zapatos y calcetines, me metía en el agua y sostenía la canoa.

—Me están viniendo flashbacks —dijo ella, haciendo lo mismo y siguiéndome.

Con un mínimo chapoteo, ambos nos subimos y agarramos un remo.

—Se siente como si estuviéramos remando por el Amazonas o algo así.

—Parecido. Pero con menos anacondas colgando de los árboles.

—¿Aquí todos tienen serpientes colgando de los árboles? —dijo Merri, inspeccionando el dosel de ramas que nos daba sombra.

Me reí.

—¿Dónde está la mujer amante del aire libre que me arrastraba de un camping a otro? —pregunté a la mujer sentada de espaldas a mí.

—Vale. Confesión. Solo te llevaba a ellos porque quería quedarme a solas contigo. Odio acampar. ¡Lo detesto!

—No, no lo haces —dije, sin creerle ni por un segundo.

—Sí que lo odio. Si vuelvo a tener que cagar en un agujero que haya cavado, será demasiado pronto —dijo ella, sin apartar la mirada de los árboles.

—No. Lo que odias es defecar en el bosque. O eso de olvidar tu colchoneta y tener que dormir en el suelo.

—¿Ah, todavía crees que me olvidé de mi colchoneta por accidente?

—¿A qué te refieres?

—¿Qué pasaba siempre después de que te decía que la había olvidado? —me preguntó.

Reflexioné.

—Te quejabas al respecto.

Merri soltó una risita.

—Después de eso.

—Era interminable. Nunca parabas de quejarte —dije sinceramente.

—Dejé de hacerlo, después de que tú me invitabas a compartir la tuya.

Hice una pausa.

—Así que, ¿olvidaste intencionadamente tu colchoneta para dormir en la mía?

—El sueño era meterme en tu saco de dormir, pero estaba claro que tú no tenías el mismo sueño.

—Pensé que estabas bromeando cuando lo sugeriste —dije, recordando vívidamente los incidentes.

Merri se encogió de hombros, abandonó su búsqueda de serpientes y luego empezó a remar.

—Entonces, ¿cada excursión de acampada que hacíamos era solo un intento tuyo de meterte en mi saco de dormir?

Merri se rindió. —Quizás no en cada excursión. Pero siempre lo tenía en mente.

—¡Guau!

—Sí, fui algo cabrona por entonces —concluyó Merri.

La miré a la nuca.

—¿Y ya no lo eres?

—Depende de a quién le preguntes. Mi ex podría tener una opinión al respecto. Quizás coincidan en algo.

—No creo que fueras una idiota —admití.

—Lo fui. Especialmente contigo —dijo ella, mirando hacia atrás.

—Tuviste tus momentos. O más bien, un momento. Pero aparte de eso, fuiste la mejor amiga que jamás tuve.

—Hasta que lo arruiné —dijo ella, apartando la mirada.

—Hasta que lo arruinaste —asentí—. Pero, los errores pasan.

Ella volvió a mirarme.

—Eso es muy amable de tu parte. ¿Y puede que algún día me perdones?

—No nos precipitemos —bromeé.

—Cierto —dijo ella, mirando hacia otro lado, avergonzada.

—Es broma. ¿Qué le pasó a tu sentido del humor?

Merri se giró completamente hacia mí.

—Lo siento mucho por lo que dije. No sabes cuánto lo he pensado. Sé que no pediste que sintiera por ti lo que sentía, pero lo sentí. Estaba tan enamorada de ti. No sabes cuánto.

—Eras lo último en lo que pensaba antes de dormirme y lo primero al despertar. Saber que te vería me alegraba el día. Y cuando no era así, o tenías que cancelar, mi mundo se venía abajo.

—Merri, no tenía ni idea.

—¿Cómo podrías saberlo? No te lo dije. Apenas podía admitirlo ante mí misma. Todo lo que sabía es que, para mí, el sol salía y se ponía contigo. Y entonces, porque no supe controlarme, lo arruiné todo.

—Ya estaba mal mucho antes de que dijeras lo que dijiste —le conté sinceramente.

—¿Estás bromeando? Eras la persona más centrada que conocía. Yo quería ser como tú.

—No deberías. ¿Sabes que ni siquiera le dije a mis hermanos que jugaba al fútbol?

Merri miró hacia otro lado pensativa.

—Sí, ¿qué pasaba con eso? Mencioné que nos habías llevado a ganar campeonatos y nadie había oído hablar de ello. ¿Cómo es que no lo contaste a nadie?

Todo el mundo de mi escuela primaria sabía que habíamos ganado ese primer año, y lo único que hice fue ser la chica del agua.

—Y masajista.

—Fui tu masajista. Si no lo hubieras contado por ahí, nunca me habría ofrecido a dar masajes en los pies a otros jugadores de fútbol.

Me reí. —Lo siento por eso.

—No, no lo sientes —dijo ella con una sonrisa—. Pero en serio, ¿por qué no se lo dijiste a nadie?

Dejé de remar y miré hacia abajo.

—Me cuesta mucho dejar entrar a la gente.

—¿Por qué?

—Porque si la gente sabe demasiado sobre ti, pueden utilizarlo para hacerte daño.

Merri permaneció en silencio.

—Antes de conocerte, me costaba confiar en alguien.

—Y entonces rompí tu confianza —dijo ella, reconociendo algo que no podía negar. Merri se acercó a mí. Cuando estaba arrodillada a pocos centímetros de mí, dijo—: Lo siento mucho, Claude. De verdad que lo siento sinceramente. Estaba tan enamorada de ti. Yo…

Y fue entonces cuando la besé.

[Lectura Complementaria Sugerida: ¿Te ha gustado? ¿Conoces a alguien a quien también le gustaría? Comparte este libro ahora porque vas a querer hablar sobre él tan pronto como lo termines. ☺]

Capítulo 9

Merri

—Los labios de Claude estaban sobre los míos. ¿Cómo estaban los labios de Claude sobre los míos? ¿Cuántas veces había soñado con esto? ¿Cuántas veces me había dado placer con este pensamiento?

La sensación era todo lo que creí que sería. Sus labios, llenos y firmes, eran cálidos y suaves. Un calor atravesó mi cuerpo. Me sentí mareada.

Al ver que su mano se movía hacia mí, presumiblemente para agarrar la nuca, me aparté. No sé por qué, pero lo hice. Mirando fijamente a sus sorprendidos ojos, no pude hablar.

—Lo siento —dijo él rápidamente, apartando la mirada, rojo de vergüenza.

—¡Oh! ¡Emmm! ¡No pasa nada, colega! —respondí más torpemente de lo que había respondido a nada en toda mi vida.

¿No pasa nada, colega? ¿De verdad dije eso? ¿Besarlo me convirtió en australiana? ¿Qué diablos estaba haciendo?

Dándome la vuelta como si nada hubiera pasado, agarré mi remo. Aturdida, remé hacia adelante. Claude no dijo nada. Ni yo. Era posible que mi cerebro estuviera en cortocircuito.

Mientras mentalmente enumeraba los síntomas de un derrame cerebral, Claude rompió el silencio.

—Este río no es realmente parte del recorrido. Como dije, mi hermano suele hacerlos.

—Sí, quería preguntarte sobre eso —dije, encontrando una salida segura de lo que acababa de pasar—. Tienes hermanos… que no se parecen exactamente a ti, ¿verdad?

—¿No lo crees?

Miré hacia atrás, preguntándome si estaba bromeando. No lo estaba.

—Quiero decir, todos tienen esos hoyuelos, pero podría decir lo mismo de Cage y Nero. ¿Aquí todos están emparentados?

—No que yo sepa.

—Entonces, no se parecen tanto.

—Huh —resopló Claude.

—Y hay otra cosa —lo mencioné con delicadeza.

—¿Qué otra cosa?

—Ya sabes, la cosa que te hace diferente de Titus y Cali.

—¿Te refieres a que yo soy afroamericano y ellos no?

Me giré, mostrándome sorprendida. —Espera, ¿tú eres afroamericano? ¡Vaya! Supongo que simplemente no veo el color.

—¿Esto es nuevo? —bromeó Claude.

—De hecho, sí. Es una nueva política. Y complica bastante la elección de la ropa.

Claude se río.

—Pero ya que lo mencionas, ¿qué pasa con eso?

—Compartimos un padre biológico. La novia de Titus estaba repartiendo pruebas de ADN en busca del padre biológico de Titus y en lugar de eso encontró a Cali y a mí.

—¿Sabes quién es tu padre?

—Tenemos un nombre, pero no aparece en ninguna búsqueda.

—¿Has hablado con tu madre sobre él?

—Ella nos dio el nombre. Las madres de Titus y Cali no quisieron decir nada sobre él.

—¿Tienes curiosidad?

Al mirar atrás, Claude se encogió de hombros.

—Sería bueno saberlo por cuestiones de salud. Pero considerando lo poco que nuestras madres quieren hablar de él, quizás sea mejor no saber.

—¿Crees que pudo haber sido futbolista?

—¿Porque Titus, Cali y yo jugamos?

—Sí. ¿Y no es cierto que Titus y Cali también tienen récords en estadísticas?

—Así es.

—Entonces, a menos que todas sus madres sean ridículamente atléticas, su semilla no pudo haber caído lejos del árbol.

—Supongo. Pero tengo la sensación de que hay algo más. Algo que no querríamos saber.

—Interesante —dije tras un momento—. Hablando de cosas interesantes. ¿Has pensado algo en el entrenamiento con los Cougars?

—Hoy en el campo, pensé bastante en ello.

—¿Y? —pregunté, sintiendo un escalofrío de anticipación recorrerme.

—Han pasado dos años —admitió—.

—Te lo dije, puedo entrenarte como solía hacer en la temporada baja.

—No sé.

—Es solo un entrenamiento. No es como si tuvieras toda tu vida en juego como otras personas. Si, de alguna manera, las cosas no suceden como creo que sucederán, puedes volver a tu vida aquí. Puedes volver a dar los tours más lamentables de la historia del hombre.

—¿Crees que mi tour es lamentable? —preguntó Claude, fingiendo estar ofendido.

—Sí, claro. ¿Me has dicho cómo se llama esa planta? —pregunté, señalando un arbusto en el borde del río— ¿No verdad? ¿Has señalado alguna serpiente en los árboles? Ni una. Lo empezaste prometiendo peligro y emoción. ¿Desde entonces? —finge un bostezo.

—¿Aburrida eh?

—Un poco —respondí contenciosamente.

—¿Te he dicho que las serpientes de por aquí nadan?

—¿Qué hacen qué? —pregunté, sintiendo cómo mi corazón saltaba a la garganta.

—Nadan. En ríos como este. De hecho, ¿no es esa una allí?

—¿Dónde? —pregunté, girándome rápidamente.

—¡Oh no! —dijo Claude de repente, balanceando el bote violentamente.

—No te atre… —

—¡Oh no! —repitió Claude antes de agarrar ambos lados de la canoa y volcarla.

El agua fría, infestada de serpientes, caló en mi ropa, quemando mi piel. Pude sentir la longitud de una anaconda imaginaria rodeándome, intentando tragarme entera.

—¡Ahhh! —grité, olvidando cómo nadar.

Cuando algo tocó la planta de mi pie, casi explota mi cabeza. Resultó ser el suelo. El río no era tan profundo. Pero no importaba.

Nadando como si mi vida dependiera de ello, me lancé hacia el borde del río. Arrastrándome a la orilla, rodé hasta que hubo una distancia entre yo y el sitio de mi condena.

—¡No tiene gracia! —le grité a Claude.

Él no pudo escucharme por sus carcajadas.

—Ahí está, me debes una. Vamos a hacer un entrenamiento. Vas a estar en el campo de fútbol americano en el que estuvimos hoy, mañana a las 9 de la mañana, y vas a correr hasta que no puedas caminar. Lo digo en serio.

—Vale, vale. Lo que sea. Allí estaré —dijo él, componiéndose—.

—Oh, lo has dicho como si todavía tuvieras elección —dije, legítimamente molesta.

—¿Te he dicho con qué frecuencia las serpientes duermen en la tierra junto a la orilla?

—¡Ahhh! —grité, poniéndome de pie apresuradamente, quitándome lo que tuviera encima.

Claude, una vez más, rodó de risa.

—¡No… tiene… gracia!

Una vez que Claude recuperó la compostura, finalmente pudo ayudarme a volver al bote. No podía seguir enfadada con él. Después de todo, verlo reír tan sinceramente me había calentado el corazón.

Hacía mucho tiempo que no lo veía reír así. Debe haber sido antes de que perdiera los estribos y las cosas se torcieran. Recordando eso, decidí que haría como si nuestro beso nunca hubiera ocurrido.

Hasta donde yo sabía, Claude siempre me había considerado solo como una amiga. Observándolo de cerca, me miraba más como una hermana que como una posible novia. Sus ojos no se iluminaban cuando me veía, como si sabía que los míos lo hacían al verlo. Nunca había encendido su fuego.

Sabiendo eso, aventurarme por ese camino con él ahora sería peligroso. La última vez que me permití sentir algo por él, perdí la razón. Y todavía había una posibilidad de que acabara en nuestro equipo. Así que cualquier experimento que quisiera hacer conmigo no era bienvenido. Quería una relación profesional y personal con él. Eso es todo. Nada íntimo.

Al terminar el tour y llevar la canoa de vuelta, señalé que solo habíamos visto una cascada.

—Solo digo que no fue lo que prometían en la web. "Las mayor cantidad de cascadas en el país". Eso es lo que decía.

—¿Quieres el tour completo? Compra una entrada —insistió Claude.

—Solo espero que no dejes una reseña. Y si esperas una propina, buena suerte con eso —le dije, bromeando.

En el camino hacia mi pensión, por primera vez en años, sentí que tenía a mi mejor amigo de vuelta. Hablamos. Al principio, sobre mi último año en la universidad. Luego, la conversación se centró en cómo era trabajar como asistente de papá.

—¿Han estado llevándose bien ustedes dos? —preguntó, refiriéndose a las historias que le había contado en la universidad sobre mi padre.

—Claro. Ha estado bastante comprensivo últimamente. Es como si finalmente hubiera dejado de ir a la persona que quería que fuera y me aceptara tal como soy.

—¿Es eso bueno?

—Es mejor que la alternativa, que era sentir su decepción cada vez que entrabamos en una habitación.

—No sé por qué podría sentirse decepcionado contigo nunca.

—Gracias. Pero siempre tuve la sensación de que, si tuviera que elegir entre nosotros dos, te habría elegido a ti como su hijo.

—Lo dudo.

—Es porque tú y él son tan parecidos. Ninguno de los dos expresa lo que siente a la gente que le importa. Cómo hablaba de ti cuando no estabas, no había forma en que yo pudiera compararme. "Claude saca sobresalientes y ha llevado a nuestro equipo a múltiples campeonatos. Ni siquiera puedo conseguir que pongas los platos en el fregadero", dije, imitando a papá.

—Lo siento por eso —ofreció Claude.

—¿Por qué? ¿Por ser tan jodidamente perfecto? ¿Por ser el mejor espécimen que jamás haya pisado un campo de fútbol? —Hice una pausa—. Sabes, una parte de mí piensa que me envió aquí solo para poder tener de vuelta a su hijo pródigo.

—¿Tu padre te envió aquí? —preguntó Claude, sorprendido.

—Parcialmente.

—Huh —exhaló Claude, poniendo fin a sus preguntas.

Permanecimos en silencio durante el último minuto de nuestro viaje, y cuando estacionamos en la pensión, puse mi mano en la manija de la puerta.

—Entonces, ¿te veré mañana? —le pregunté, sintiéndome tan nerviosa como el primer día cuando lo conocí.

—Ahí estaré —dijo él con una sonrisa.

Dios, cómo me gustaba verlo sonreír. Casi tanto como me gustaba besarlo. Lástima que nunca pudiera permitir que eso volviera a suceder.

—Bien. Prepárate para trabajar —le dije antes de dejarle atrás y dirigirme a mi habitación.

Cambiándome de mi ropa aún húmeda, me acosté en la cama, preguntándome qué debería hacer a continuación. Consideré responder a los mensajes de texto de papá. El problema era que no sabía qué decirle.

Claude todavía no había accedido a entrenar para los Cougars. Hasta ahora, solo me permitía hacerle el calentamiento. Pero si eso iba bien, ¿tal vez después?

Después de idear un plan para el calentamiento de mañana, conduje hasta la cafetería local, observando cómo entraba y salía un puñado de personas. Me preguntaba cómo sería vivir aquí. Pasar el rato con Cali y los demás había sido más divertido de lo que había tenido en años. Si Claude no entraba en el equipo y me lo pedía, ¿podría mudarme aquí?

Acostándome temprano, llamé a Claude al día siguiente solo para asegurarme de que aún venía.

—Hola Merri, ¿qué pasa? —preguntó él, ofreciéndome el saludo que había utilizado durante años.

—¿Ya estás ahí?

—Merri, son las 8:15.

—Ya sabes lo que dice el entrenador —le recordé.

—¿Que, si llegas puntual, llegas tarde?

—Exactamente.

—Y, ¿cuándo he llegado tarde yo?

—Dos años es mucho tiempo. Las cosas cambian.

—Si mal no recuerdo, se inventó esa frase por ti. Así que, ¿estás ahí ya?

—Quizá estuve en una relación insana y a largo plazo con "llegar a tiempo" en aquel entonces. Pero, como dije, en dos años, las cosas cambian.

—Más te vale que no llegue antes que tú.

—Imposible. Estoy saliendo por la puerta ahora mismo —dije, revolviéndome en la cama.

—¿Estás saliendo por la puerta ahora?

—Eso he dicho.

—¿De qué color es la puerta?

—¿Qué? —dije, levantándome de un salto.

—Me has oído. Si estás saliendo por la puerta ahora, dime de qué color es la puerta.

—¿Qué pasa, me estás poniendo a prueba? —dije mientras me apresuraba a ponerme los pantalones.

—¿Me estás entreteniendo?

Vistiéndome, dije —No, es que me siento profundamente ofendida de que dudes de mí así.

—Todavía no me has dicho el color —apuntó Claude.

—Eso es porque estoy procesando que pienses tan poco de mí para hacerme esa pregunta —dije, apresurándome a salir de mi habitación hacia las escaleras.

—Todavía no dices nada.

—Eso es porque… marrón —balbuceé en cuanto lo tuve a la vista—. Y tiene una vidriera en forma de lágrima en el centro.

Me senté en las escaleras en silencio, recuperando el aliento.

—Vale. Dile a Cali que le digo hola.

—¿Cómo?

Miré hacia abajo, a la cocina, y vi a Cali enviando mensajes con su móvil. Él alzó la vista hacia mí.

—Claude manda saludos —le dije.

—Gracias.

—¿Con él estás mandando mensajes? —le pregunté a Cali.

—Toda la mañana —señaló Cali—. ¿Desayuno? —preguntó, regresando a la cocina.

—Estaba despierta —le dije a Claude.

—Sí. Fuiste tú quien me llamó. Me impresionó bastante. Hubo un tiempo en que te costaba levantarte antes de las 11.

—Bueno, ahora tengo un trabajo —aclaré.

—Entonces también lo tenías.

—El entrenador lo entendía. Estaba de acuerdo.

—¿De verdad?

Claude tenía razón. Mi padre nunca lo estuvo.

—Solo procura llegar puntual, ¿vale? —le dije.

—Si llegas puntual, llegas tarde —me dijo, logrando frustrar mi mañana.

—Adiós, Claude.

Colgué la llamada y seguí sentada en las escaleras. No pude evitar sonreír. Se sentía como en los viejos tiempos. Lo había extrañado tanto. ¿Cómo sería cuando ambos volviéramos a nuestras vidas?

A mi padre le gustaría ver a Claude de vuelta, aunque él no estuviera equivocado sobre ciertas cosas. A pesar de estar tan atinado como el día anterior, no estaba al nivel de la NFL. Eso no significaba que no pudiera llegar a estarlo. Pero parecía un poco lento.

Papá quería verlo tan rápido como pudiera llevarlo allí. Dijo que sabría si seguía siendo el mismo hombre, si lo veía en el campo. Lo que ninguno de los dos esperábamos era que llevase dos años sin tocar un balón de fútbol. Eso es mucho tiempo lejos de un deporte que recompensa las mejoras diarias.

Alejando esos pensamientos de mi mente, me levanté y me dirigí a la cocina. Junto a Cali, encontré una selección de cereales, frutas y bollería.

—Tenemos panqueques, huevos revueltos y salchichas. ¿Te apetece algo? —preguntó Cali.

—Todo suena bien —admití.

—Entonces dame unos minutos.

—Entendido. Estaba a punto de subir a mi cuarto para prepararme cuando me detuve. —Por cierto, ¿conociste a Claude en la escuela secundaria?

—Él iba unos años por delante de mí, pero sí, lo conocía de vista. Era el único niño de color en nuestra escuela.

—¿Sabes si lo pasó mal de pequeño?

Cali movió la cabeza, incierto. —Que yo sepa, a todos les caía bien. ¿Por qué?

—Supongo que todavía estoy intentando entender por qué nadie sabía que jugó al fútbol americano en la universidad.

—También estoy tratando de entender eso.

—¿Alguna vez te ha dado algún consejo sobre fútbol?

—Nunca ha sacado el tema.

—¿Ha ido a alguno de tus partidos?

—No que yo sepa.

Pensé sobre ello.

—No me puedo imaginar hacer las cosas que él hizo y no mencionarlas a nadie.

—Creía que lo estaba conociendo —admitió Cali, pareciendo triste.

Mirándolo, podía decir que estaba sinceramente herido de que Claude no se lo hubiera contado.

—Pero estoy segura de que sabes otras cosas, ¿verdad? Deben hablar bastante seguido.

—Hablamos —dijo, evitando mi mirada.

—Entonces tal vez solo sea ese tema el que no le gusta discutir.

—Algo me dice que no es solo eso.

—¿Qué quieres decir?

—Cuando tiras de un hilo, ¿verdad? —preguntó, buscando confirmación.

—¿Qué tan solo debe sentirse? —pregunté, preguntándome si lo que había hecho yo había causado esto.

Cali mezclaba ingredientes en lugar de responder.

—En fin, volveré en un rato. No puedo llegar tarde.

—¡Llegas tarde! —señaló Claude cuando corrí hacia el campo.

—El tráfico —sugerí.

—¿En serio? —preguntó Claude, sorprendido.

—Sí. He pasado a otro coche de camino aquí y… —hice el gesto de mi cabeza explotando.

—¿Te confundió?

—No estaba segura de qué hacer conmigo misma.

—Ya veo —dijo Claude, divertido—. A propósito, ¿has pedido permiso para que estemos aquí?

Miré alrededor hacia el edificio del colegio y el estacionamiento vacío.

—¿Tenía que hacerlo? —pregunté sinceramente.

Claude se río sarcásticamente y luego sacó su móvil.

—Le avisaré a Cage que estamos aquí.

—Mira, esta es la clase de sociedad que podríamos tener. Yin y Yang —dije, gesticulando entre nosotros—. Yo soy la persona de las ideas y tú ejecutas.

Ignorándome, leyó su móvil: —Ha dicho que podemos usarlo sin problema.

—¡Genial! ¿Ya has calentado?

Claude abrió la boca, buscando una respuesta.

—Estírate y da una vuelta —dije, indicando el contorno del campo.

Sin una palabra, Claude se puso manos a la obra. Cuando terminó, lo llevé a través de algunas de las cosas que necesitaría hacer en el entrenamiento. A pesar de haberse tomado dos años sabáticos, no estaba nada mal.

Sus tiempos de sprint todavía eran buenos para un mariscal de campo. Y su habilidad para cambiar de dirección, aunque no era como antes, no estaba muy lejos.

—¿Has hecho algún deporte en estos últimos dos años?

—Depende. ¿Consideras que ir a por café es un deporte?

—¿Fue en Starbucks durante la hora punta?

—Fue en la terraza de tu Pensión.

Lo miré con una expresión de 'no seas ridículo'.

—Bueno, para un tipo que ha renunciado a la vida, no estás tan fuera de forma.

—No he renunciado a la vida.

—¿Has levantado algo más pesado que un tenedor en los últimos dos años?

—Cargué todo nuestro equipo de gira a nuestra nueva oficina.

Lo miré de nuevo. Mirando hacia otro lado, dije: —Tomaré eso como un no.

Le tocó el turno a Claude de estar molesto. Estaba bien porque Claude siempre rendía mejor cuando tenía algo que demostrar. Y cuando, tras una serie de carreras a toda velocidad, estaba empapado en sudor, se quitó la camiseta.

¡Dios santo! Había estado levantando algo más pesado que un tenedor. Porque ese hombre estaba musculoso. De alguna manera, ahora tenía mejor cuerpo que cuando era el mariscal de campo titular de un equipo campeón de la División II.

Empezaba a excitarme mientras lo miraba fijamente, así que aparté la mirada. Eso ayudó en la parte de abajo, pero mi piel clara no podía ocultar cómo me sentía. Al volverme de nuevo, estaba radiante. Claude se rió… ese bastardo.

—¿Cómo lograron tus antepasados apoderarse de toda esa tierra? —me había preguntado Claude una vez. — Todo lo que piensas está escrito en tu cara-, bromeó, al verme ponerme roja.

—No, en serio, ¿cómo?

—No todos podemos tener una piel perfecta como la tuya —le había respondido, insinuando mis sentimientos reales hacia él.

—No diría perfecta —dijo él, fingiendo arrogancia.

Aunque sabía que Claude solo estaba jugando conmigo, había tocado un punto sensible. Envidiaba la hermosa piel morena de Claude. Si pudiera arrancársela y ponérmela, lo haría. Quiero decir, no lo haría. ¡Pero la complexión de ese hombre era tan suave y hermosa, mientras que yo era como un anillo de humor de lo pálida que estaba! Era jodidamente injusto.

—Descansa y vuelve a hacer las mismas carreras —ordené, antes de dirigirme a las gradas.

Haciendo lo que le decía, Claude tomó aire un par de minutos más y luego corrió de nuevo. Nunca se necesitaba mucho para hacer que Claude trabajara duro. Siempre había estado listo para correr hasta caer.

Viendo su cuerpo fuerte esprintar de un extremo a otro del campo, me preguntaba si estaba haciendo lo correcto al hacerlo entrenar para el equipo. Aún no había dicho si quería esto. Ni siquiera estaba segura de si todavía le gustaba jugar al fútbol, o si alguna vez le había gustado.

Tenía que gustarle algo de ello. Nadie llega a ser tan bueno como él sin dedicar horas que nadie más ve. ¿Pero, por qué me permitía ponerlo a prueba ahora?

—¿Qué sigue? —preguntó Claude cuando se acercó, luchando por respirar.

—Lo siguiente, es que me digas que quieres entrenar para los Cougars —dije, estoicamente.

—¿Qué quieres decir?

—Quiero decir, quiero que me digas que es algo que quieres hacer.

—Estoy aquí, haciendo estas carreras contra el viento, ¿no?

—Sí, pero ¿quieres estarlo?

Me miró molesto. —Si hemos terminado, avísame. Me iré a casa.

—¿Si hemos terminado? No. ¿Qué quieres decir? —pregunté, confundida.

—Quiero decir, viniste aquí, me hiciste una gran oferta, me contaste cuánto habías estado enamorada de mí y ahora me preguntas si quiero estar aquí.

Entrecerré los ojos y negué con la cabeza, tratando de comprender qué estaba sucediendo.

—No sé qué decir a eso. Sí, eso es lo que pasó.

Él me miró, frustrado. —Entonces he terminado.

—¡Vaya! ¿De dónde salió eso?

—¡Te besé! —gritó, acercándose a mí.

—¡Oh! Sí, —dije, desviando la mirada.

—¡Sí!

Encogiéndome, pregunté: —¿Podemos fingir que no lo hiciste?

Claude me miró con la boca abierta antes de resignarse.

—Sí. Al diablo con eso. Lo que sea.

Viendo lo disgustado que estaba, traté de explicar.

—En realidad, estoy tratando de hacer lo correcto. Estoy tratando de hacer lo correcto aquí.

—¿Pretendiendo que no sucedió?

—¿No es eso lo que tú haces? —le pregunté, refiriéndome a que él no les contaba a sus amigos sobre la parte de su vida que involucra a ambos.

La ira de Claude se desinfló a resignación.

—Como sea —me dijo, ya sin intención de irse a ningún lado.

—Mira —dije, buscando mis palabras—. Solo quiero que hagas esto por las razones correctas. Dejaste el fútbol americano bastante fácilmente. Si haces la prueba, quiero que lo hagas porque quieres estar allí, no porque yo quiera que estés.

—Quiero decir, hay una parte de mí gritando que debería conformarme con lo que pueda obtener de ti. Pero sabemos cómo terminó eso la última vez. Entonces, solo quiero saber, ¿quieres hacer la prueba?

Claude se apoyó en sus talones, dándole un pensamiento sincero. Después de un momento, dijo: —Si alguien me hubiera preguntado eso hace una semana, habría dicho que no. Pero el que estés aquí me recordó las cosas que amaba. Y nací para jugar al fútbol.

—Cuando estoy en el campo con el balón en la mano, me siento vivo. Nada más importa. Extraño eso. Y si me dices que podría tenerlo de nuevo, lo quiero.

Una sonrisa surgió de lo más profundo de mí.

—Entonces, vayamos por ello.

—¿Crees que estoy listo? —preguntó Claude, dudoso.

—Creo que vas a ser uno de los mejores mariscales de campos en la historia de la NFL. Y creo que ellos lo verán.

—Pero parece tan pronto.

—Papá pidió verte lo antes posible.

—¿Y crees que no hare el ridículo?

—Claude, no podrías hacer el ridículo, aunque lo intentaras. Entonces, ¿qué me dices? ¿Estás listo para esto?

Claude apartó la mirada pensativo.

Viendo su vacilación, dije: —Vamos, Claude, di que estás listo para hacer esto.

—Estoy listo —respondió tímidamente.

Sonreí. —Necesito oírlo más fuerte que eso. Dije, ¿estás listo?

—Estoy listo —dijo un poco más alto.

—¡Dije!, ¿estás listo? —grité.

—¡Estoy listo! —gritó él con una sonrisa.

—¡Entonces vamos a hacerlo! —dije, agarrando sus hombros y sacudiéndolo emocionada.

Con Claude a bordo, hicimos ejercicios de pase hasta que su brazo se cansó, y luego cada uno se fue a su casa.

Fue mientras empacaba que me golpeó. Todo lo que siempre quise estaba ahora en juego. El dueño del equipo quería que renunciara. Cuando no lo hice, empezó a buscar cualquier excusa para despedirme.

Si traía a Claude y no lo hacía bien, no solo podría ser la excusa que el dueño buscaba, sino que Claude podría decidir que estaba harto de mí. Podría enfadarse porque confió en mí, una vez más, y luego le fallé nuevamente.

Si las cosas no iban bien, podría perderlo todo. Y más importante que eso, podría perder a Claude.

Con mi piel hormigueando como si estuviera ardiendo, me preparé para hacer el check-out. Al pagar un billete de avión de ida y vuelta para Claude, pensé en lo que significaba. Tenía tres días para convencerle de que no desapareciera de mi vida de nuevo. ¿Cómo iba a hacerlo?

Claude, que nunca compartía nada personal, había compartido que tenía un problema para confiar en la gente. Bueno, de alguna manera había conseguido que confiara en mí de nuevo. Pero si las cosas no funcionaban como lo había convencido de que lo harían, ¿habría roto su confianza? ¿Sería esta vez la gota que colma el vaso? ¿Lo perdería para siempre?

Mi corazón latía dolorosamente mientras hacía la maleta. Al no poder relajarme, no dormí nada. Arrastrándome fuera de la cama por la mañana, estaba exhausta. Y al recoger a Claude para llevarnos al aeropuerto, sentía como si estuviera perdiendo la cabeza.

Como no podía concentrarme en nada, era sensible a todo. Como que no me invitara a entrar para conocer a la única persona en su vida de la que me había hablado. Durante tres años de universidad juntos, no había conocido a su madre. Me había hecho pensar que la estaba escondiendo de mí. ¿Pero estaba en realidad él escondiéndome de ella?

Apartando eso de mi mente mientras conducíamos al aeropuerto, logré no decir nada descabellado hasta que estuvimos en el avión. Con las puertas cerradas y el viaje inevitable, mis inseguridades se apoderaron de mí.

—Solo quiero señalar que no vamos a Miami —le dije mientras nuestro avión se acercaba a la pista.

—Lo sé —respondió él casualmente.

A medida que nos acercábamos a nuestro destino, dije:

—Nuestro equipo está en Panhandle. No va a haber nada lujoso por allí.

Claude me miró divertido.

—Acabas de ver de dónde vengo. Creo que estoy bien con "nada lujoso".

—¿Pensacola es un poco diferente a tu ciudad?

—¿En qué sentido?

—Es Florida. Has oído hablar del Hombre de Florida, ¿verdad?

Claude hizo un gesto con la mano delante de él como si fuera un titular de periódico.

—¿Te refieres a "hombre de Florida asalta gasolinera con un caimán"?

—Exacto.

—¿O te refieres a: "hombre de Florida lanza caimán por la ventanilla del autoservicio de Wendy's"?

—Sí.

—¿O quizás, "hombre de Florida es devorado vivo al intentar asaltar una gasolinera en un autoservicio de Wendy's con un caimán"?

—Estás al tanto —confirmé—. Ahora imagina a esas personas llevando camiseta mientras hacen esas cosas, y eso es Pensacola.

—Entendido. Y supongo que tampoco son muy fans de la gente de color.

—Esa parte se da por hecho —dije, intentando ser graciosa.

—Entendido —dijo Claude, sin encontrarlo tan divertido como yo había esperado.

—Sinceramente, no sé cómo tratan a la gente de color allí. Probablemente, sea tan malo como en cualquier otro sitio. Hay gente buena y mala en todas partes, ¿no?

—Sí. Eso es lo que pensaba —dijo Claude, replegándose un poco.

Miré por la ventana del avión intentando recuperarme de haber sido una imbécil insensible.

—¿Qué tan malo fue ser un chico de color en Oregón? —pregunté, volviéndome hacia él.

Claude lo pensó.

—Podría haber sido peor. Ayudo mucho que estuviéramos en una ciudad universitaria. Pero trato de no buscar las cosas que no quiero ver.

—Entonces, ¿las cosas estaban bien allí?

—Quiero decir, unas cuantas personas pidieron tocar mi cabello.

—¿En serio? —pregunté, encogiéndome.

—Hubo unas cuantas.

—Lo siento por eso —dije, disculpándome por todos los blancos del mundo.

—Mira, si eso hubiera sido lo peor que me pasó mientras estuve allí, lo hubiera llevado bien —dijo con una sonrisa sarcástica.

—¿Cuál fue la peor cosa? —pregunté, nerviosa.

Él solo me miró.

—¡Mierda!" dije, dándome cuenta de que lo que había dicho había sido demasiado. "Lo siento mucho, hombre.

—Lo entiendo.

—Es solo que, en todo el tiempo que te conocí, realmente quería tocar tu cabello. No sabía cómo pedírtelo… —encogí los hombros con anhelo.

Claude me miró por un momento y luego estalló en carcajadas.

—¿Puedo hacerlo ahora? —dije, extendiendo la mano hacia él.

—¡Apártate de mí! —dijo, alejándose.

—Claude, ¿puedo tocar tu pelo? —lo molesté.

—¡Apártate! —Dijo, dándome un empujón.

Me acomodé, fingiendo decepción—. Esto no ayudará a las relaciones raciales —bromeé.

—Eres una idiota.

Me señalé a mí misma—. Mujer de Florida.

Claude río.

Escuchar a Claude reír me hacía sentir mejor. Siempre lo hacía. Tenía una habilidad mágica para hacerme creer que todo estaría bien.

Al aterrizar en Pensacola, envié un mensaje de texto inmediatamente a Papá para hacerle saber que Claude había aceptado hacer la prueba. Había esperado hasta ahora, temiendo que Claude cambiara de opinión. Sabía que yo podría haberlo hecho, considerando lo que había ocurrido entre nosotros. Pero con el avión en tierra, y él en Pensacola, finalmente me sentí libre para poner las cosas en marcha.

—El entrenador dice que está organizando todo. Tiene que coordinar con el gerente general y algunos otros. Me avisará cuando tenga el día y la hora.

—¿Y qué hacemos hasta entonces? ¿Conseguiste una habitación de hotel para mí?

Mi cerebro, sensible al pánico, se iluminó.

—¡Mierda! ¿Querías una? —pregunté sinceramente—. Pensaba que te quedarías conmigo. En el sofá, quiero decir. ¿Eso está bien? Te juro que es cómodo. O, yo podría tomar el sofá.

Claude me miró.

—No, puedo dormir en el sofá.

Pude adivinar lo que estaba pensando.

—Si prefieres un hotel, puedo conseguirte una habitación. Solo pensaba que como en Pensacola no hay mucho que hacer, quizá prefieras quedarte conmigo. Mi casa no es grande ni lujosa, pero al menos estarías con alguien conocido.

—Está bien. Tu sitio está bien —dijo él con una sonrisa amable.

Fue solo al mirarle a sus cálidos ojos que realmente pensé en mi apartamento. Había estado tan centrada en traerlo aquí que no había reflexionado sobre lo que él estaría esperando.

De camino a mi lugar, contuve la respiración.

—No es gran cosa —dije al dejarle entrar.

Él examinó mi apartamento de una habitación sin decir nada.

—Lo que aprendí al conseguir el trabajo es que los entrenadores asistentes no ganan mucho —admití.

No era que mi apartamento estuviera mal o desordenado. Era simplemente pequeño y todavía sin amueblar. Tenía lo necesario: un sofá cómodo, una tele de 60 pulgadas y una PlayStation. Pero en cuanto a darle un toque femenino a mi apartamento, ahí sí que faltaba.

Claude se sentó en el sofá.

—Cómodo —confirmó, dando palmadas a los cojines grises.

—También es bastante amplio. He dormido en él muchas veces. Cuando lo hago, duermo toda la noche. No está mal.

—Genial —dijo él, con voz apagada.

Por primera vez, miré mi espacio con ojos nuevos. Realmente era bastante soso. Mi ex lo calificaba de "habitación de residencia estudiantil". Más específicamente, decía que parecía que viviera un niño aquí. Y me habría ofendido, si no hubiera estado comiendo cereales sobre el fregadero con un tenedor de plástico cuando lo dijo.

—Aún no he tenido la oportunidad de terminar de amueblarlo.

—¿Cuánto tiempo llevas viviendo aquí?

—Unos… un año —admití—. Pero ya sabes cómo es durante la temporada de fútbol. La mitad del tiempo estoy viajando. Y luego, cuando estoy aquí, todo lo que quiero es dormirme en el sofá jugando a la PlayStation.

—Supongo que hay cosas que nunca cambian —dijo él con una sonrisa.

—Supongo que no —dije yo, relajándome.

Dejó su bolsa de viaje y volvimos a salir para comer algo. Esta sería mi primera oportunidad para convencerlo de que no me dejara para siempre. Tenía que elegir el sitio con precisión.

—¿Esto es un bar temático de Tennessee? —preguntó Claude, examinando las decoraciones que cubrían las paredes.

—Bluegrass Bourbons —dije con orgullo—. Es un bar de whisky. ¿No te hace sentir como en casa?

Claude miró todo, desde la matrícula decorativa que decía 'TN2STEP' hasta los pequeños barriles de whisky en la vitrina iluminada.

—Me hace sentir algo —dijo Claude vacilante.

—Aquí todo está frito. Es increíble.

—¿Tienen alguna ensalada?

—¡Una ensalada frita! Pero deberías probar el bagre (Pez gato). Está buenísimo —dije con entusiasmo.

—¿Cuándo tengo el entrenamiento?

—Estoy segura de que no es dentro en unos días —dije, sacando mi teléfono. Leyendo el mensaje de Papá, dije—: Es mañana por la mañana a las 9 a.m.

—Vaya, eso es rápido —respondió Claude con nerviosismo.

—Lo es —admití, oyendo los pasos ensordecedores mientras el fin de nuestra amistad se acercaba—. Quizás este no sea el mejor lugar. Vendremos aquí a cenar para celebrar después de que hagas el equipo —dije, alimentando más sus expectativas.

Nos fuimos de ahí y encontramos el restaurante más saludable que pudimos. Claude pidió dos pechugas de pollo sin piel sobre lechuga, mientras yo comía algo con sabor. Una hora después, nos dirigimos al parque para que se relajara.

No tenía sentido hacer más ejercicios que lanzar la pelota. No iba a mejorar nada con una práctica 18 horas antes del entrenamiento. Lo mejor que podíamos esperar era que tuviera una buena noche de sueño. Así que, eso hicimos.

Al volver a mi casa antes de oscurecer, preparé a Claude con sábanas y una de mis almohadas, y luego me fui a la cama. Desesperadamente necesitaba dormir, y de nuevo no logre conciliar el sueño. Para cuando el sol brilló a través de mi ventana, sentía que me volvía loca.

Toda la noche, estuve pensando en lo que pasaría si las cosas no iban bien hoy. Acababa de recuperar a Claude. No estaba lista para perderlo de nuevo. Todo tenía que salir perfectamente. No estaba segura de lo que haría si no era así.

Arrastrándome fuera de la cama, me encontré con Claude en la sala. Estaba sentado en el sofá vestido, con sus sábanas dobladas y la almohada a su lado.

—¿Dormiste bien? —pregunté, con voz de haber tragado un sapo.

—He dormido un par de horas —respondió él, sin parecer descansado.

—¿No era cómodo el sofá? —pregunté presa del pánico.

—No, estaba bien —me aseguró. Luego cerró los ojos, respiró hondo y dijo: — Pensamientos.

No estaba segura del porqué, pero el hecho de que dijera eso me hizo sentir un poco mejor.

—Lo entiendo. ¿Cómo te sientes? ¿Estás listo?

Movió la cabeza apenas asintiendo. No iba a dejarme entrar. Incluso ahora, cuando sentía que iba a explotar, era una caja cerrada de emociones. Nada salía.

O, quizás yo estaba dándole más importancia de la necesaria. Quizás a él, realmente no le importaba demasiado si las cosas iban bien en el entrenamiento. Quizás ya había visto suficiente de mí y de mi vida infantil como para saber que no quería ser parte de ello, ni del fútbol.

—¿Quieres desayunar? —pregunté, sabiendo que no podría mantener nada en el estómago si intentaba comer.

—Algo ligero. Y tal vez un café. Normalmente troto por las mañanas. ¿Qué te parece si hago una milla o dos y paro en algún lugar por el camino? Ayudará a despejar mi mente.

—Puedo acompañarte —ofrecí, sabiendo que me derrumbaría después de una manzana, pero queriendo estar con él.

—No, necesito preparar mi mente para el entrenamiento. ¿Cuánto tiempo nos tomará llegar a dónde vamos?

—¿Veinte minutos?

—Entonces volveré en una hora.

—De acuerdo —dije, viéndolo marcharse.

Lo último que necesitaba era más tiempo para pensar. Así que, en su lugar, hice una lista de todo lo que Papá y el gerente general estarían buscando en Claude. Era una lista exhaustiva. O, más precisamente, estaba exhausta, y las palabras que escribía formaban una lista.

¿A quién intentaba engañar? Esto no iba a distraerme de nada. Así que, en su lugar, me senté en el sofá, encendí la PlayStation y me quedé dormida. Sabía por qué lo había hecho. El sofá olía a Claude. Era como si sus brazos me envolvieran.

—Merri —dijo Claude, despertándome—. ¿No deberíamos irnos?

Miré el reloj sobre la televisión. —Nos quedan cuarenta minutos —dije somnolienta.

—Llegar justo a tiempo ya es llegar tarde —me recordó.

Mirándolo, me gustaba cómo se veía. Quiero decir, siempre me gustaba cómo se veía. A lo que me refería esta vez era a que parecía listo.

—Sí, deberíamos irnos.

Vistiéndome y conduciendo hasta allí, todavía estaba demasiado cansada para estar estresada. Pero al entrar en el estadio, me golpeó. Esto iba a ser todo. En unas pocas horas, el resto de mi vida estaría definido. O estaría desempleada y Claude volvería a desaparecer de mi vida. O tendría todo lo que siempre había deseado. Mi pecho se apretó ante la perspectiva.

—¡Claude! —dijo Papá, estrechando su mano con una sonrisa—. ¿Te sientes preparado para esto?

Claude le regaló a Papá una sonrisa de un millón de dólares. —Tanto como podría estarlo.

—Bien. Espero grandes cosas de ti —dijo Papá, sin haberme dicho eso nunca a mí.

—Haré lo mejor que pueda.

—Eso debería bastar.

Sí, Papá tenía de vuelta a su hijo favorito. 'Qué bien por él', pensé sarcásticamente.

—Llevaré a Claude al campo. ¿Quién va a dirigir el entrenamiento?

—Vincent —dijo Papá, asintiéndome—. Buena suerte.

—Gracias —dijimos Claude y yo al mismo tiempo. Ambos me miraron—. Oh, te referías a él. Claro. No he dormido mucho. Jet lag.

Claude inclinó la cabeza, recordándome que Tennessee y Florida están a solo una hora de diferencia.

—Sígueme —dije, escoltándolo hasta el borde del campo de entrenamiento—. Vincent es nuestro entrenador de mariscales. Papá utiliza muchas de las mismas jugadas que usó contigo. ¿Las recuerdas?

—En su mayoría.

—Eso ayudará.

—¿Estás bien? —preguntó él, mirándome preocupado.

¿Cómo se supone que debía responder? ¿Debería decirle que, a pesar de lo que me había prometido, estaba prácticamente ciega por el estrés de si me volvería a dejar o no?

—Estoy bien. Tú solo concéntrate. Sabes todo lo que Vincent va a ponerte a prueba. Lo has hecho cientos de veces en los entrenamientos. Y no te preocupes, vas a estar genial —dije sinceramente, sabiendo que era cierto sin importar el resultado.

—Gracias —dijo él, con una de sus brillantes sonrisas. Fue suficiente para hacerme pensar que todo estaría bien.

Retirándome a un lado, mi estómago revolvía de nervios. Al observar a Claude y a Vincent hablar, apenas podía respirar. Mientras Claude seguía con la rutina, alcé la vista hacia las gradas. Los únicos presentes eran Papá, el gerente general y el dueño del equipo.

—¡Mierda!

Supongo que era ingenua de mi parte pensar que él no estaría. Aun así, una chica puede soñar. No es que él tuviera algo contra Claude por tener un pasado. El viejo no sabría nada sobre eso. Mientras Claude hiciera lo que era capaz y Papá lo respaldara, Claude debería estar bien.

Después de una hora y media angustiante, Vincent llevó su tablilla llena de notas a los encargados de tomar decisiones. Encontrándome con Claude en el campo, mi corazón latía como el de un conejo.

—¿Qué dijo? —le pregunté.

Esto era todo. O mi carrera estaba acabada y perdería a Claude para siempre, o no. Luchaba por respirar.

—Dijo, buen trabajo y espera aquí —dijo Claude, todavía goteando sudor.

—Eso es mejor que 'lárgate a la mierda' —bromeé, sintiendo un destello de esperanza.

—Supongo.

—¿Cómo crees que lo hiciste?

—Fallé en mi separación un par de veces. También creo que mis pases estaban un poco desviados. Debí haber practicado más. No sé qué estaba pensando al venir aquí. No estoy en forma para la NFL. Sí, soy lo suficientemente bueno para tirar la pelota con amigos. Pero no creo que estuviera preparado para esto —dijo, mostrándome más vulnerabilidad de la que había visto en los tres años que habíamos sido amigos.

Sin pensarlo, tomé su mano.

—Oye, mírame. La rompiste. ¿Me oyes? Incluso dos tercios de ti es mejor que el 100% de los demás. Eres el mejor mariscal que he visto, y si ellos no pueden verlo, que se vayan al diablo —dije, y lo decía en serio.

Claude alzó la mirada. Sus ojos eran suaves y gentiles. Estaba viendo un lado de él que nunca había visto antes. Me hacía sentir débil de rodillas.

—Eres el mejor —le dije—. De verdad. Lo digo en serio. Nunca he conocido a un hombre mejor que tú.

—Gracias —dijo él con sinceridad.

Entonces hice algo que no debería haber hecho. En el campo, delante de quienquiera que estuviese mirando, le di un abrazo, largo y persistente, que hablaba de cosas no dichas. Era íntimo y cálido. Inhalando, su aroma masculino disipaba mis preocupaciones haciendo que pensase que esto quizá no fuera el final. Tal vez era solo el comienzo de una maravillosa vida juntos.

—¡Mierda! —oí que alguien decía detrás de mí.

Solté rápidamente a Claude y me giré. Era el dueño del equipo, y tenía una expresión de disgusto.

Dirigiéndose al gerente general, dijo: —¿Me has traído aquí para ver esta mierda? Saquen a estos dos de aquí —antes de alejarse.

El pánico me invadió. —¿Qué?

—Gracias por venir —dijo el gerente general, acercándose a Claude.

—¿Qué acaba de pasar? —pregunté, consciente de que algo había cambiado. No todos habrían bajado a conocer a Claude si no pensaran que lo había hecho bien. Sin dejarlo pasar, me escapé de al lado de papá y me interpuse frente al dueño.

—¿Qué ocurre? Sabes que él es bueno.

El dueño me miró con unos ojos calculadores y vidriosos de hombre viejo y dijo: —No vamos a contratar a un mariscal de campo solo porque te lo estás tirando —y luego pasó a mi lado empujándome.

—¿Qué quieres decir? —pregunté antes de que cayera en la cuenta.

Fue solo un abrazo.

—No lo están considerando por ese abrazo… Piensas que, porque soy mujer y lo he abrazado, estamos acostándonos. ¿Por qué? ¿Porque soy mujer y las mujeres no podemos controlar nuestros sentimientos? ¿También voy a engañarlo para casarnos? Eso es lo que crees que todas las mujeres buscan ¿verdad? Porque sin un hombre no somos nada, ¿no?

El dueño, atónito, miró hacia papá, Vincent y el gerente y luego de vuelta hacia mí. Por un segundo pensé que iba a ceder. Lo que había dicho era verdad y él lo sabía.

Pero cuando los animales heridos están acorralados, no se rinden. Atacan.

Endureciendo su postura, se recompuso. Como si yo no hubiera dicho nada, respondió: —Estoy descartándolo porque tu amigo no sabe lanzar, es lento como la melaza y no puede hacer una separación (Split) ni siquiera para salvar su vida.

—Sí que puede. Solo necesita más tiempo para prepararse. Antes de subir allí, llevaba dos años sin tocar un balón de fútbol.

—¿Qué? —dijo el viejo, de repente a la defensiva.

—Así es. Eso es lo bueno que es después de un tiempo inactivo. Imagina lo bueno que será una vez que alguien trabaje con él.

Pensé que lo tenía. Sus colmillos se habían retraído. Su veneno había desaparecido. Volviéndose hacia mí calmadamente, dijo:

—Entonces supongo que deberías haber pensado en eso antes de programar la evaluación, ¿no deberías? —me dijo, haciéndolo parecer todo culpa mía.

Habiéndome dejado tambaleante, el viejo se marchó. No supe qué más decir. Girándome hacia papá, me dirigí hacia él.

—Me habías pedido que lo trajera tan pronto pudiera.

Delante de Claude, dijo: —Pero no me dijiste que no había tocado un balón en dos años. ¿En qué estabas pensando al traerlo aquí? Sabías que ese bastardo buscaba cualquier excusa para hacernos la vida imposible. No tenías que ayudarlo.

—Pero me dijiste que lo trajera cuanto antes —repetí, sintiendo mi resistencia desaparecer.

—Es verdad. Pero a veces tienes que pensar, Merri —dijo como si fuera la mayor tonta del mundo.

Papá se giró hacia Claude y le ofreció la mano.

—Gracias por venir, Claude. Fue realmente bueno verte. Lamento que las cosas no hayan funcionado —dijo, con genuina decepción en su sonrisa.

—Tú también, entrenador —respondió Claude, como si para él, nada de esto fuera un gran asunto.

Una vez que todos habían ofrecido a Claude sus sonrisas contenidas y se habían marchado, me volví hacia quien fuera en algún momento mi mejor amigo. Con lágrimas acumulándose en mis ojos, dije: —Lo siento.

—¿Nos podemos ir? —fue su única respuesta.

Ninguno de los dos dijo una palabra mientras caminábamos de regreso a mi coche. El silencio continuó hasta que abrí la boca para hablar y él me interrumpió.

—¿Puedes reprogramar mi vuelo de regreso? Si es posible, me gustaría irme esta noche.

Un escalofrío me recorrió. Todo lo que temía se estaba haciendo realidad.

—Pero ¿por qué? No tienes nada urgente a lo que volver, ¿verdad? Puedes quedarte conmigo. Podríamos ponernos al día —dije, sintiendo que mi mundo se desmoronaba.

—Merri, necesito irme. ¿Puedes cambiar mi vuelo de regreso o tengo que comprar uno nuevo?

—Puedo cambiarlo —le dije, intentando ocultar las lágrimas que rodaban por mis mejillas.

De vuelta en mi lugar, ninguno de nosotros habló. Cambiando su vuelo de regreso y luego viéndolo recoger sus cosas, dije: —Al menos déjame invitarte a cenar. ¿Podemos hacer eso?

—Voy a salir —respondió como si todo esto no significara nada para él.

—Te llevaré al aeropuerto.

—He pedido un Uber.

—Entonces, ¿esto es todo? —pregunté, ya sin poder ocultar las lágrimas.

Claude no respondió. Simplemente dijo: —Adiós, Merri —y salió de mi vida.

Solo entonces dejé salir todo lo que estaba reprimiendo. Cayendo al suelo, lloré. Pensé que había dolido la primera vez que me abandonó. Pero eso no era nada comparado con lo que sentía ahora.

Capítulo 10

Claude

¿Por qué me había permitido desearlo? Era un tonto al pensar que cualquier cosa que Merri me decía era verdad. Sabía que no era tan bueno como solía ser. Podía sentirlo. Sin embargo, elegí creer en ella. Había confiado en ella cuando sabía que la única persona en la que podía confiar era en mí mismo.

Ahora sentía como si me estuvieran arrancando las entrañas. No quería esto. No lo había querido. Pero al probarlo, lo ansiaba como nunca lo había sentido.

¿Qué era eso que tanto deseaba? ¿Volver a un equipo de fútbol? ¿Volver a sentir que importaba? No lo sabía. Todo lo que sabía era que me dolía y no sabía cómo detener el dolor.

De camino al aeropuerto, me contuve. Lo mismo ocurrió mientras esperaba mi vuelo y abordaba el avión. Con horas para recordar cómo había escapado de estos sentimientos antes, hice lo posible por reprimir mi corazón roto y la decepción.

Para cuando aterricé en Tennessee, me di cuenta de que no funcionaba. Ninguna de mis técnicas para anestesiarme funcionaba. Todavía podía sentirlo todo, la indignidad, la soledad, todo flotando justo debajo de la superficie.

En cualquier momento, sentía que iba a estallar. Lo único que me quedaba por hacer era fingir que nada de esto había ocurrido. No le diría a nadie. Intentaría no pensar en ello nunca más.

—¿Qué tal por Florida? —leí en un mensaje de Titus mientras iba en el autobús desde Knoxville.

—¡Mierda!

No iba a poder fingir que nada de esto había pasado. Todos sabían que había ocurrido. Merri se lo había contado a todos, asegurándose de que nunca podría escapar de las preguntas. Mi único respiro vendría al esconderme en mi habitación, y el pensamiento de eso me hacía querer arrancarme la piel de los huesos.

Estaba atrapado. Merri me había atrapado. Ya no podía huir de mis sentimientos. Agazapado en la esquina como un niño asustado, levanté la vista hacia ellos.

El monstruo era oscuro y aterrador. Sin misericordia, me consumía. Y sin ningún otro lugar adonde correr, me incliné hacia adelante en mi asiento del autobús y lloré a mares.

No lloraba solo por el entrenamiento. Era por todo. Era por escuchar a mi mejor amiga llamarme como lo hizo. Era por el dolor que sentía al reprimir mi soledad. Era por el niño de ocho años que no podía divertirse con sus amigos porque tenía sobre sus hombros la reputación de toda su raza.

Con las lágrimas fluyendo, parecía que no iban a parar. Pero era un largo viaje en autobús entre Knoxville y casa. Y al bajar del autobús en la parada más cercana, a 20 millas de la ciudad, me retiré al banco más próximo, puse los codos en las rodillas y la cara entre las manos.

Había hecho un desastre de tantas cosas. ¿Qué era mi vida? ¿Quién tenía? ¿Cómo había acabado solo?

Mirando mi teléfono cuando vibró, el mensaje de Titus decía: 'Por cierto, Lou dice que cuando empieces a jugar para los Cougars, va a hacerse cargo de la empresa de tours.'

Segundos después escribió: 'Ahora me dice que no se lo tenía que contar. Que nunca lo dijo.'

Segundos después de eso: 'Ahora dice que nunca más tendrá sexo conmigo si no te digo que ella no dijo eso. Así que definitivamente no lo dijo.'

Segundos después de eso: 'Oye Claude, soy Lou, Titus está bromeando. Ya sabes cómo le gusta hacer bromas. ¿Qué tal el entrenamiento? ¿Ya eres su mariscal de campo titular? No hay segundas intenciones detrás de la pregunta. Pregunto por un amigo.'

Al leer el último mensaje de Titus, no pude evitarlo. Me reí. Fue suficiente para recordarme que mi mundo no se estaba acabando.

Enderezándome, tomé una respiración profunda. Mirando otra vez mi teléfono, llamé a Titus.

—Claude, ¿cómo va todo?

—Para ser honesto, no muy bien.

—¿Qué pasa? —preguntó mi hermano, preocupado.

—¿Podrías recogerme en la parada del autobús del aeropuerto?

—¿Has vuelto?

—Sí.

—Estaré allí en cuanto pueda —me aseguró, con suficiente tristeza en su voz para saber que no tendría que explicar nada más.

Me sentí aliviado. Tal vez sería capaz de fingir que nada de esto había pasado. Quizás podría regresar mi vida a lo que había sido.

¿No me habían finalmente incluido en el círculo social de Cage? ¿No podría convertir esa invitación en una vida que valga la pena vivir? Si podía pasar hoy sin hablar de las cosas, podría tomarlo día a día. Eventualmente, todo esto sería un recuerdo lejano.

Cuando la camioneta de Titus llegó, me alivió ver que estaba solo. Me caía bien Lou, pero a veces era demasiado. No se podría resistir a preguntarme sobre cada detalle de lo sucedido. No podía manejar eso ahora.

Solo quería un viaje a casa sin tener que hablar de nada. Quería seguir adelante después de todo lo que había sucedido. Eso era lo que quería… lo que hizo que lo que pasó a continuación fuera tan sorprendente.

—¿Cómo lo haces? —le pregunté a mi hermano, rompiendo el silencio.

—¿Cómo hago qué? —preguntó Titus serenamente.

—¿Cómo haces que la vida parezca tan fácil?

Me miró, sorprendido.

—¿Crees que mi vida es fácil?

—No. Eso es justamente lo que no entiendo. Eres un jugador estrella en tu equipo de fútbol, copropietario de un negocio, alcalde de esta ciudad, tienes novia y, aun así, tienes este tremendo grupo social. No puede ser fácil hacer todo eso. Sin embargo, lo haces parecer como si lo fuera.

—Me alegra que pienses eso. Y tienes razón, es mucho. Pero todo es mucho más fácil cuando estás dispuesto a pedir ayuda. Sé que no puedo manejar todo esto por mi cuenta. Pero tengo gente como tú y Lou para echarme una mano. Sé que estarás ahí si te necesito, al igual que yo estaré para ti.

Al escuchar sus palabras, bajé la mirada.

—No entré en el equipo. Dijeron que no era lo suficientemente bueno.

—Eso es una lástima —dijo Titus empáticamente.

—Sí.

Después de un momento, Titus dijo:

—¿Puedo hacerte una pregunta?

—¿Cuál?

—¿Por qué no le contaste a nadie que jugaste al fútbol americano en la universidad? —preguntó Titus delicadamente.

Abrí la boca para hablar. Iba a decir, no lo sé. Pero me detuve, sabiendo que no era la verdad.

—Tengo problemas para abrirme —le confesé sinceramente.

—¿Por qué es eso?

—Dios sabe. Podría decir que fue por algo por lo que mi madre me dijo cuando tenía ocho años. O porque sentía que no tenía a nadie en quien confiar mientras crecía. O quizás es porque simplemente no sé quién soy y no quiero que la gente lo vea.

—Eso es duro —dijo Titus, asintiendo empáticamente.

—No quiero ser más así.

—¿Ser cómo?

—Distante. Solo. No quiero llevar todo en mis hombros. Quiero poder abrirme.

—Entonces, ¿por qué no lo haces?

—No sé cómo. Lo he intentado. Intento compartir cosas. Incluso me puse normas que me obligan a romper mis hábitos. Pero cada vez que estoy en la situación y sé que tengo la oportunidad, elijo no hacerlo. No puedo.

—Claro que puedes —dijo Titus alentadoramente.

—No puedo. Créeme, lo he intentado. Lo intenté con Merri.

—¿Y qué pasó?

—Ella pidió si podíamos hacer como que no había pasado.

Titus pensó por un momento.

—Te gusta Merri, ¿verdad?

—Sí —admití, derrotado.

—Quiero decir, de la manera en que a mí me gusta Lou.

Asentí. —Sí.

—Parece una chica simpática.

—Tiene sus momentos.

—¿Crees que ella siente lo mismo por ti?

—Sé que alguna vez lo sintió.

—¿Le has dicho lo que sientes?

—¿Con palabras?

Titus se río.

—Sí, con palabras.

—No soy bueno en eso.

—Deberías practicar.

—¿Qué quieres decir?

Titus se encogió de hombros, recuperando su tono generalmente optimista.

—Es como el fútbol, ¿no?

—¿De qué manera?

—No comenzaste siendo un mariscal de campo increíblemente bueno, ¿verdad?

—No.

—Y, ¿cómo llegaste a ser bueno?

—Trabajo duro. Estudiar. Practicar.

—Exactamente. ¿Cuánto has practicado diciéndole a la gente lo que sientes por ellos?

Al abrir la boca, sentí un dolor en el pecho. Incluso el pensamiento de ello era abrumador.

—¿Qué? ¿Demasiado? —preguntó Titus, echándome un vistazo desde la carretera.

Resoplé satíricamente.

—Vale, es demasiado por ahora. Como cuando un lanzamiento perfecto de "Ave María" podría ser demasiado esperar la primera vez que coges un balón de fútbol. Pero podrías lanzar un pase corto, ¿verdad? Y si el receptor retrocediera un poco más cada vez y seguirías practicando, eventualmente lo lograrías."

—Entonces, ¿estás diciendo que, si hubiera practicado, habría podido decirle a Merri lo que sentía?

—Estoy diciendo que, si prácticas, todavía podrías —dijo él con una sonrisa.

—¿Cómo se practica abrirse?

Titus apretó los labios, buscando una respuesta.

—Empiezas con cosas pequeñas como cumplidos. ¿Con qué frecuencia das cumplidos a la gente?

—Los doy cuando creo que la gente se los merece.

—Lo cual asumo que no es muy a menudo —dije entre risas.

—Solo asumo eso porque nunca he escuchado uno de ti. Así que, espero que sea el caso.

—¿De qué hablas? Te alabo todo el tiempo.

—Dime una vez.

Abrí la boca y luego solté una carcajada.

—No te preocupes. No me lo tomo como algo personal. Es solo como eres tú.

—Pero, no deberías tener que poner excusas por mi forma de ser un mal hermano.

—No he dicho eso. Eres el mejor hermano que podría haber deseado. No le digas a Cali, pero eres mi favorito —dijo, sonrojándose.

—Gracias —hice una pausa—. Tú también.

Titus me miró y preguntó insinuante:

—¿Yo también qué?

—¿Quieres que lo diga? —pregunté confundido.

—¡Sí, Claude! Ese es el punto de lo que decía. Necesitas practicarlo. Y ya que te estoy recogiendo, lo que me hace obviamente un gran hermano, esto debería ser un pase corto.

—Tú también eres un buen hermano —concedí.

Titus sonrió.

—Gracias, Claude. Aprecio mucho que lo digas.

—Bueno, es verdad —confirmé—. Has sido un buen hermano para mí.

—Gracias. Entonces, ¿qué tan doloroso fue eso de decir?

—No estuvo tan mal —admití.

—Ahora, haz eso mil veces más y en unos años, podrás decirle a Merri que tiene un pelo estupendo —bromeó Titus.

—Que te jodan —dije en tono de broma.

—¿Qué? ¿Mucho? ¿Qué tal un cabello aceptable? ¿Crees que en un par de años podrías llegar a eso?

—Que te jodan, Titus —dije con una sonrisa.

Él se río.

Por mucho sentido que tuviera Titus, eso no cambiaba la encrucijada en la que me encontraba. Gracias a Merri, todos sabían a dónde había ido y tendría que decirles a todos que había fracasado.

—¿Cómo te fue en el viaje? —me preguntó mi madre cuando llegué a casa—. ¿Ayudaste a tu amigo?

—Sí —le dije.

—Eso está bien. ¿Te acostaste con alguien?

—¡Mamá!

—Solo pensé que, si te escurres para 'ayudar' a un 'amigo' del que nunca habías mencionado, mi niño por fin iba a tener un poco de acción.

—¡Por Dios, mamá! Y no me escurrí. Te dije a dónde iba.

—Claro que sí —dijo mamá con una sonrisa.

Mirándola, sabiendo que no estaba del todo equivocada, me pregunté si ella era la razón por la cual no podía compartir nada con nadie. Nunca cuestioné si me quería o no. Pero, al igual que la novia de Titus, Lou, mamá era demasiado.

—Me voy a mi habitación —le avisé antes de recoger mi bolsa de viaje y subir las escaleras.

Tumbado en la cama, observando las pequeñas sombras proyectadas por el sol poniente en el techo texturizado, me preguntaba qué se suponía que debía hacer a continuación. En un solo día, había perdido tanto la carrera como a la chica que tanto había deseado que ni siquiera podía admitirlo.

Y, ¿no era acaso porque no podía admitirlo que las había perdido? Si hubiera practicado en lugar de negar mis sentimientos, ¿no tendría ahora todo lo que siempre había querido?

Si tuviera una segunda oportunidad para hacerlo todo de nuevo, haría todo diferente. Lástima que no tuviera esa oportunidad… ¿O sí la tenía?

Capítulo 11

Merri

Dormir. Necesitaba dormir. Y una vez que me arrastré del suelo a la cama, lo conseguí. Cuando desperté, vi las cosas bajo una luz distinta. Literalmente. Estaba tan exhausta, que cuando me desperté, había pasado la medianoche. Habiendo estado despierta 48 horas con solo 45 minutos de sueño, tenía mucho que recuperar.

—¡Oh, mierda! Claude —dije, recordando todo lo que había sucedido.

Se había ido furioso conmigo. Y como la última vez, tenía razón para estarlo. ¿Era yo incluso capaz de no herirlo? ¿Qué tenía yo que me hacía seguir haciendo esto?

¿Era cuánto lo deseaba? ¿Acaso mi obsesión por él me cegaba a la razón?

Sí, él no estaba listo para el entrenamiento. Podía ver eso. No estaba lejos, pero aún no estaba listo. Si hubiera sido más paciente y tal vez considerado cómo mis acciones lo habrían afectado, podría haber tomado decisiones mejores.

Pero, lo había estropeado. Había arruinado lo nuestro. Y no había vuelta atrás.

¿Y acaso no me habían despedido también? Buscando mi teléfono, esperaba un mensaje que dijera exactamente eso. No tenía ninguno. No estaba segura del por qué. ¿No había llamado a mi jefe misógino delante de todos? ¿No era eso motivo de despido incluso si era cierto?

Cualquiera que fuera la razón por la que aún no me habían despedido, estaba segura de que era cuestión de tiempo hasta que ocurriera. No solo el dueño del equipo no quería que estuviera allí, sino que había fallado al entrenador. Claude era realmente la mejor oportunidad que tenía Papá de mantener su trabajo. Apresurar a Claude en el entrenamiento había fastidiado a todos. Ahora, todos estaban descontentos, y yo tenía la culpa.

—¡Mierda! —murmuré en la oscuridad.

No sabía qué hacer. ¿Cómo salía de esto? ¿Cómo arreglaba las cosas?

No salí de la cama esa noche. En cambio, pensé. A medida que el sol salía, me di cuenta agudamente de que no había comido en días. No diría que tenía apetito, pero me interesaba no morir… apenas.

En serio, ¿cómo me había metido en este lío? Estaba completamente perdida. ¿Estaba rota? ¿Era incapaz de hacer algo bien?

Con nada en mi nevera más que condimentos, hice lo posible por recomponerme y conseguir algo para comer. No había muchos lugares abiertos a esa hora. Pero sabía de uno que abriría pronto. Estaba a poca distancia de a pie. Quizás el aire fresco me haría bien.

Al salir de mi edificio, dirigiéndome hacia la parte histórica de Pensacola, mi mente divagó. ¿Cómo habría sido vivir aquí hace ciento cincuenta años? ¿Podría haber habido una mujer que recorriera el mismo camino, pensando en un hombre de la misma manera en que yo lo hacía?

Rodeada de edificaciones de piedra y tiendas pintorescas, encontré la cafetería donde solía desayunar. Esperando a que abriese, pensé en la última vez que estuve aquí. Fue hace meses, después de una noche en casa de mi ex. Él me había preguntado si quería conocer su lugar favorito para desayunar. Este había sido. Así que cada vez que lo veía, pensaba en,

—¿Merri? —dijo una voz familiar, haciéndome girar.

—¿Jason? —dije, mirándolo a los ojos.

Inmediatamente enfadado, Jason cruzó los brazos desafiante.

—Yo fui quien te trajo a este lugar. Este es mi lugar. Yo no me voy.

—Me iré yo —concedí, sabiendo que tenía razón.

Mientras me alejaba, pensaba en lo que significaba que me lo encontrara ahora. No era como si viniera aquí todos los días. Viajaba casi tanto como yo.

—Espera, ¿puedo hablar contigo un segundo? —pregunté, girándome.

Él exhaló exasperado. —¿Qué? —contestó de mal modo.

Bajé la cabeza. —No manejé bien las cosas contigo.

—No me digas —confirmó.

—Cierto. Y, supongo que me gustaría disculparme por ello.

Jason me miró, confundido. —¿Qué está pasando aquí?

—Me estoy disculpando por haber sido una mierda contigo; por ser una mierda en general —dije, con los ojos empezando a humedecerse.

Jason me miró impasible. Eso duró hasta que echó la cabeza hacia atrás y gruñó, molesto.

—Aunque quisiera que te sintieras como una mierda, no eres una mierda, Merri.

—Lo dices porque no me conoces. Arruino la vida de las personas. Soy una egoísta hija de puta —admití, sin poder retener las lágrimas.

—No, no lo eres.

—Pero sí lo soy —insistí.

—Merri, ya es bastante duro no odiarte ahora mismo. No me obligues a tener que decir cosas buenas de ti. Me heriste. Me está costando mucho no permitirte que te machaques.

—Lo siento. Ves, no soy buena.

—¿Quieres saber cuál es tu problema, Merri?

—¿Cuál es?

—Estás vacía —dijo acusadoramente.

—¿Qué?

—Me oíste. Tienes este vacío en ti que sigues intentando llenar con cosas. Piensas que, si eres la asistente de entrenador perfecta, los dioses del fútbol americano te querrán, y eso llenará tu vacío. Bueno, yo intenté llenar tu vacío, Merri. Lo intenté de veras. Pero tu vacío es más grande que los dos.

Jason se detuvo mientras una anciana pasaba por su lado, mirándolo.

—Era una metáfora —le gritó a ella. Se volvió hacia mí. —Sabes a qué me refiero.

—No estoy segura de no estarlo —dije sinceramente.

Él me miró, apretando la mandíbula. Calmándose, se explicó.

—No te sientes como una persona completa. Probablemente porque tu padre nunca te aceptó por quién eres. Así que ahora vas a pasar el resto de tu vida persiguiendo lo que no pudiste obtener de niña. Y cuando una cosa no te lo da, concentrarás toda tu atención en otra cosa, como, no sé, la aceptación de un montón de jugadores de fútbol americano en una liga a la que no le importas un comino.

—O, un mejor amigo que no puedo superar —me di cuenta.

Jason me miró con la boca abierta. —Claro que sí. Sabía que había alguien más. Y por supuesto, no puedes simplemente amar al tipo que tienes delante y que te lo ofrece. Tienes que luchar por ello para que se sienta real. —Jason se estremeció—. Odio cuando mi terapeuta tiene razón.

Lo miré a mi ex, asombrada. —Si eso es verdad, entonces, ¿qué hago al respecto? Porque en serio, me he quedado sin ideas.

—Aquí tienes una idea. Y esto puede sonar loco. Pero en lugar de centrarte solo en lo que necesitas, ¿por qué no intentas hacer algo por alguien más para variar? Y no porque vaya a conseguirte algo, sino porque les ayudará. ¿Lo has intentado? — preguntó con sarcasmo.

Jason miró a su alrededor y luego de nuevo a mí.

—Sabes qué, ya ni siquiera quiero comer aquí. Quédate tú con todo. Tengo demasiado en qué pensar como para lidiar con esto —dijo antes de darse la vuelta y marcharse enfadado.

Al ver a Jason alejarse, me quedé estupefacta. Me habría gustado creer que la sombría imagen que había pintado de mí no era cierta, pero se sentía real. ¿No era

lo que él decía la razón por la que estaba obsesionada
con Claude?

Desde el momento en que lo vi, fue su diferencia
lo que me atrajo hacia él. Yo era solo una aburrida chica
blanca de una pequeña ciudad en Oregón. Él era este tipo
moreno, increíblemente genial, atlético, atractivo, guapo
y con las cosas claras.

Si pudiera lograr que alguien como él me
quisiera, ¿no demostraría eso que lo que mi padre dijo
sobre mí no era cierto? ¿No demostraría tener a Claude
como mejor amigo mi valía? Así que cuando mis
sentimientos por él amenazaron con arruinarlo todo,
enloquecí. Perdí la cabeza porque, ¿quién era yo sin él?

Oh, Dios, Jason tenía razón. Soy solo este agujero
negro buscando cosas para llenarlo. ¿Realmente amaba a
Claude, o solo amaba la idea de él? Ya no estaba segura.
Lo único de lo que estaba segura era que estaba
hambrienta. Así que en cuanto el sitio de desayuno de
Jason abrió, pedí uno de todo e intenté llenar otro vacío.

Dándome mucho en qué pensar, volví a casa
después de mi comida y reflexioné, sobre todo. Eso duró
hasta que me dormí, que fue alrededor de la misma hora
en la que me había dormido el día anterior. Al parecer,
no dormir durante 48 horas puede alterar tu horario de
sueño.

Pero, de alguna manera, estaba bien. Despertar
después del anochecer y dormir antes del mediodía me
daba mucho tiempo a solas. Me ayudó a entender

algunas cosas. Para empezar, no solo había usado a Claude para sentirme mejor conmigo misma. Él y yo realmente la pasábamos bien juntos. Nos reíamos cuando estábamos juntos, y teníamos intereses compartidos.

Eso no significaba que lo que Jason había dicho no fuera cierto. Lo era. Estar con Claude me validaba de una manera que no puedo explicar por completo.

¿Pero, era eso incorrecto? ¿No era bueno sentirse afortunado de estar con la persona con la que estás? ¿No es eso señal de que tu relación durará?

Quizás donde me equivoqué fue cuando convertí a Claude en todo y no solo en una parte de quién era. Si Claude era todo, entonces perderlo significaba perderlo todo. Tenía que haber una parte de mí que permaneciera sin él. Y, como dijo Jason, tenía que empezar a tratarlo como a un amigo y no solo como la persona que me validaba.

Oh, mierda, he estropeado tantas cosas. Pero ya estaba harta de lamentarme por ello. No quería ser esa persona nunca más. Quería ser mejor, por Claude. Incluso si él ya no quería ser amigo, quería ayudarlo a ser feliz. ¿Qué haría feliz a Claude?

Mientras luchaba por reajustar mi horario de sueño, pensé en esto. El día que me desperté a las 9 de la mañana, lo hice con una respuesta. Aunque le costó admitirlo, había dicho que quería jugar al fútbol de nuevo. Había torpedeado su oportunidad de jugar para los Cougars, pero aún creía que era un talento generacional.

Si era entrenado adecuadamente y volvía a estar en la forma en que ganó nuestro tercer título de la División II, llegaría a un equipo de la NFL. La pregunta era, ¿cómo podrían los cazatalentos de la NFL verlo jugar para recomendarlo a sus equipos? Si todavía fuera estudiante, podría invitar a los cazatalentos a los juegos. Pero, al graduarse temprano, renunció a su elegibilidad universitaria.

Fue entonces cuando me di cuenta. Sabía exactamente cómo podría conseguir que los cazatalentos de la NFL lo vieran. Y sabía quién podría hacer que ocurriese.

—Oh Dios, ¿qué pasa? —dijo Jason cuando contestó mi llamada.

—He estado pensando en lo que me dijiste. Y me gustaría disculparme nuevamente por haber sido tan mala novia contigo. Todo lo que dijiste sobre mí era cierto. Tengo un gran vacío, y tú no pudiste llenarlo. Ninguna persona podría.

—Creo que suena peor cuando lo dices tú —comentó Jason, impasible ante mi disculpa.

—De todos modos, he decidido que voy a empezar a centrarme en las necesidades de los demás y no solo en las mías.

—Esto es un progreso —dijo él, animándose.

—Y quiero empezar por ayudarte.

—¿En serio? Esto debe ser interesante. Continúa.

—¿Y si te dijera que conozco a un prospecto para la NFL que ninguna otra agencia de cazatalentos conoce, pero que sería la primera elección de la selección de jugadores si lo conocieran?

Jason hizo una pausa.

—Esto es, sobre ese otro tipo, ¿no?

Hice una mueca.

—Sí. Pero también es el mejor mariscal de campo que jamás verás.

—Esto no suena como algo para mí. Suena mucho a algo que quieres que haga por ti —advirtió Jason.

—No lo es. Bueno, más o menos sí. Pero no porque yo vaya a obtener algo de ello. Este chico realmente es el mejor mariscal de campo que he visto en mi vida. Él es la razón por la que mi padre consiguió el trabajo con los Cougars.

—Espera, ¿es este el chico del que hablabas de tu equipo universitario? ¿El que hacía las jugadas de engaño?

—Las jugadas de engaño que nos llevaron a tres títulos nacionales.

—Merri, eran títulos de la División II. Yo y el banquillo de Harvard podríamos ganar uno de esos —dijo con desdén.

—Vale, pero él ganó todos los partidos que tenía por delante. Eso es todo lo que puedes hacer, ¿no?

¿Ganar a los equipos contra los que juegas? Y él lo hizo.
Piensa en lo que podría haber hecho si hubiera jugado en
la División I.

—¿Y por qué no estaba en la División I?

—Porque su primer año fue la primera vez que
jugó como mariscal de campo.

—¿Qué?

—Sí. Se presentó a las pruebas del equipo como
jugador sin beca y no pensó en probar como mariscal de
campo. Solo lo hizo porque, bueno, yo le obligué.

—¿Cuáles son sus estadísticas?

—Por las nubes.

—No, Merri. Necesito sus estadísticas reales.

—Si te las consigo, y te gustan, ¿considerarías
incluirlo en tu exhibición de jugadores antes de la
temporada?

—La exhibición es solo para estudiantes
universitarios que no han sido elegidos en la selección de
jugadores—dijo Jason.

—Pero tú ayudas a organizarla. Podrías hacer una
excepción.

—Merri, ¿por qué estás haciendo esto?

—¿Por qué te estoy dando la oportunidad de tu
vida? —dije, entrando en modo puro de vendedor.

—Vamos, Merri, hablo en serio.

Hice una pausa.

—Es porque quiero hacer algo que le ayude a él,
y no solo a mí. Claude fue mi mejor amigo. Fue bueno

conmigo, y yo no siempre lo fui con él. Pero tiene talento y merece tener una oportunidad para alcanzar su sueño. Si puedo hacer eso por él, tal vez pueda compensar los momentos en los que no estuve a la altura.

—Entonces, esto todavía sería por ti.

—Tanto como lo es por ti. Seamos realistas, si tú encuentras al jugador que nadie más pudo, y se convierte en una estrella, tu agencia de cazatalentos será en la cual confíen los equipos. Esto podría beneficiar a todos nosotros. Pero, estoy haciendo esto por él.

Jason guardó silencio al otro lado del teléfono. Pensé que lo había perdido hasta que dijo:

—Envíame sus estadísticas. Si son como dices…

—Lo son.

—Entonces veré qué puedo hacer.

—Gracias, Jason. Y de verdad lamento que las cosas entre nosotros no funcionaran.

—Sí. Como sea —respondió antes de colgar.

Compilando todo lo que tenía sobre Claude, se lo envié a Jason por correo electrónico. Tardó unos días, pero finalmente respondió: "No está mal. Veré qué puedo hacer".

Ese era el primer paso. El segundo iba a ser mucho más difícil. Tendría que convencer a Claude de que dejara de odiarme el tiempo suficiente para considerar otra oferta.

Capítulo 12

Claude

Titus tenía razón. La práctica hace al maestro. Aún no estaba en la fase de repartir halagos, pero sí en la de aceptar invitaciones. Así que cuando Cage me invitó a su próxima noche de juegos con Quin, dije que sí. Es más, fui.

Casi todos estaban allí. Lo pasamos bien. Mi equipo incluso ganó una partida.

Al parecer, aquello era un milagro porque nadie jamás podía ganarle al equipo de Quin. No entendí cuál era el gran asunto, pero según Nero, eso me valió un carnet de socio de por vida en el club. Aunque me sentí mal por Quin. Todos hacían tanto alboroto debido a que mi equipo ganó, que no debió caerle bien a ella.

De todas formas, conduciendo a casa aun sintiendo el alcohol, me sentí satisfecho conmigo mismo. Estaba progresando. Me estaba abriendo, aunque fuese un poco. Y ya mi vida mejoraba por ello. Ahora, lo único que me preocupaba era,

—¡Merri! —exclamé, abriendo la puerta de mi casa y encontrándola en la mesa de la cocina charlando con Mamá—. ¿Qué haces aquí?

Ella se encogió de hombros. —¿Arruinando las cosas?

—Tu 'amiga' aquí presente me estaba contando cómo la 'ayudaste'. ¿Participaste en una prueba para un equipo de la NFL? —preguntó Mamá, asombrada.

—Lo siento —ofreció Merri con pesar—. Debería haberme dado cuenta de que no lo sabrías. Solo pensé…

—No, Merri, esto no es culpa tuya. Es mía. Sí, Mamá, ella es la amiga a la que fui a visitar. Vino a la ciudad hace unas semanas para pedirme que hiciera una prueba para el equipo de la NFL al que ella asiste como entrenadora. No sé por qué no te lo dije.

Mamá me miró con expresión vacía. —A ver si entiendo, ¿tenías una amiga en la universidad? Todo este tiempo pensé que había criado a un bicho raro. ¿Cuántos amigos más has tenido? ¿Es Claude incluso tu verdadero nombre?

Me reí entre dientes.

—Ese es el nombre que me dio mamá.

—¿En serio? Porque ya no sé qué creer.

—Mamá, ¿puedo hablar con Merri a solas?

—Así que admites que tu amiga tiene nombre. Y no has pensado mencionarlo todo este tiempo.

—Por favor, Mamá.

Ella se levantó. Acercándose a mí, dijo, — Recuerda lo que te dije sobre la ventana del dormitorio —y luego subió las escaleras.

A solas con Merri, me giré hacia ella.

—¿Qué haces aquí? —pregunté, intentando no sonar brusco.

—Necesitaba hablar contigo.

—Ya sabes, han inventado algo llamado teléfono.

—Pensé que te merecías escuchar esto en persona.

Consideré lo que dijo, asentí y luego respondí, —Por cierto, estás muy guapa.

Le tomó un segundo responder. Cuando lo hizo, fue como un ciervo al ver los faros de un camión.

—¿Qué? —preguntó por fin.

—He dicho que estás muy guapa —repetí con una sonrisa nerviosa.

Merri sacudió la cabeza, como intentando reajustar las cosas.

—Perdona, me has descolocado. Nunca te había escuchado decir esas palabras. Me tomó un momento averiguar qué significaban.

—¿De qué hablas? Siempre te he dicho que estás guapa.

Merri fingió pensar antes de decir, —No. No lo has hecho. Y yo lo sabría.

—¿Así que nunca te he halagado antes? — pregunté, sorprendido.

Merri hizo como si de repente recordara algo y luego dijo, —No. Ni una vez. Ni siquiera aquella vez que llevaba ese vestido que me hacía parecer Rihanna en los Óscar.

—Oh, me acuerdo de eso —dije con una sonrisa.

Ella me miró fijamente, esperando algo. —¿Y?

—¿Y qué?

Merri suspiró. —Nada. Mira, estoy aquí porque quiero hacerte otra oferta.

—¿El dueño de los Cougars se lo ha repensado? —pregunté, sintiendo un cosquilleo en el pecho.

—Oh. No. Sigue siendo un misógino y un imbécil.

—Ah.

—La oferta que quiero hacerte implica una presentación previa a la temporada.

—¿Una presentación previa a la temporada?

—Sí. Hay una presentación para jugadores no seleccionados que se celebra en medio de la pretemporada. He estado tirando de algunos hilos y creo que puedo conseguir que te incluyan.

—¿Por qué harías eso? —pregunté, inseguro de cómo sentirme.

—Porque, a pesar de lo mucho que pretendes que no quieres jugar en la NFL, creo que sí quieres. Creo que lo deseas mucho. Y puede que haya arruinado las cosas para ti con los Cougars, pero todavía podrías llegar a un equipo. Podrías convertirte en el mejor mariscal de campo de la historia de la liga; solo que yo no sería tu asistente —dijo con una sonrisa triste.

No sabía cómo sentirme al respecto. Una de las únicas razones por las que jugaba al fútbol americano era por Merri. Había querido impresionarla. ¿Qué sería del fútbol americano sin ella?

—Pero, has escuchado al dueño de tu equipo. Dijo que soy lento para mis movimientos y que no puedo hacer una separación (Split) para salvar mi vida.

—Sí, pero también cree que las mujeres no deberían involucrarse en el fútbol. Así que, difícilmente lo llamaría una fuente de información confiable.

—Pero lo siento. Me siento lento —admití.

—Y eso nos lleva a la otra parte de mi oferta.

—¿Cuál es?

—Me gustaría que te quedaras en mi casa durante el verano mientras te entreno. Supongo que no tienes que quedarte en mi casa. Podrías quedarte en cualquier lado. Pero, mi casa es gratis. Y como todavía tengo acceso a las instalaciones de los Cougars, podría usarlas para prepararte.

—¿Durante el verano?

—Hasta la presentación previa de la temporada.

—Tengo un negocio que manejar.

—Es cierto. Lo tienes —dijo, recordándolo—. ¿Podría cubrirte tu hermano? Quiero decir, si supiera cuánto significa para ti.

—¿Suponiendo que lo quiera?

—Claro. Lo entendería completamente si no es así. Tienes una vida aquí. Tienes amigos y una madre particular. Por cierto, ¿por qué me preguntó qué tal se me daba trepar por las ventanas?

Me encogí de hombros como si no supiera.

—Tienes razón. Sí tengo una vida aquí. Al menos, podría tenerla.

—Lo entiendo —dijo ella intentando ocultar su decepción—.

—Pero la novia de Titus ya ha empezado a hacer planes para una toma de control corporativa. Así que, podría sustituirme mientras estoy fuera.

—¿De verdad? —preguntó Merri, emocionada—.

—Quizá. Y no creo que me pueda permitir mi propio lugar para el verano, considerando que no estaría trabajando, así que necesitaría quedarme en tu casa.

Merri contuvo su reacción y dijo: —Serías bienvenido.

—¿De verdad crees que puedes incluirme en la exhibición?

—Mi ex tiene una agencia de cazatalentos. Él podría meterte. Entonces, ¿qué me dices?

Lo pensé.

—¡Hazlo! —gritó mi madre desde arriba—.

Merri y yo nos miramos, sorprendidos. Ella susurró "¡Guau!" Y yo, apenado, estuve de acuerdo con ella.

—Lo pensaré —le dije antes de repetirlo con la cara hacia la escalera—. Lo pensaré.

—Dile que si necesita un lugar donde quedarse…

Corté a mamá antes de que terminara. —Estoy seguro de que tiene un lugar, mamá. ¿Tienes, Merri? —pregunté, de pronto inseguro—.

—Sí. Me he vuelto a quedar en casa de Cali.

—Vale. Porque si necesitaras un lugar, podrías quedarte aquí.

—Estaríamos encantados de tenerte —añadió mamá—.

—Gracias, señora Harper —respondió Merri antes de decir: —Me voy. Pero quiero que sepas que no hay presión. Si de verdad quieres jugar en un equipo de la NFL, esta sería tu mejor oportunidad. Y sé que, si lo desearas, podrías conseguirlo. Haría todo lo que estuviera en mi mano para asegurarme de ello —dijo con una sonrisa—.

—Hablaré con Titus y te lo haré saber.

—¿Mañana?

—Mañana —confirmé y luego la acompañé a la puerta—.

Después de verla caminar hacia su coche y marcharse, volví a la cocina y encontré a mamá allí. Esperaba que hiciera un gran escándalo por todo, pero no lo hizo.

—Parece simpática.

—Tiene sus momentos.

—Estás sonriendo —señaló.

—¿Sí?

—Sí —dijo ella con una sonrisa—. ¿Se trata del fútbol americano o de ella?

Me encogí de hombros y subí a mi habitación.

A la mañana siguiente, fui a la oficina sabiendo que Titus estaría allí. Aún nos quedaban algunas cosas por hacer para preparar nuestro nuevo lugar antes de que empezara la temporada y, al no tener clases los lunes, él había accedido a ayudar.

—Anoche fue divertido —le dije mientras instalábamos la vitrina para nuestras camisetas—.

—¡Fue genial! Y debes saber que te has convertido en una leyenda, ¿verdad? Ni siquiera pensábamos que fuera posible vencer a Quin en un juego. Podrías haberle sacudido todo su mundo.

—Si tú lo dices —concedí—. Bueno, pasó algo gracioso cuando llegué a casa.

—¿Qué fue lo que paso?

—Tenía una visita.

Titus dejó de trabajar y me miró. —¿Quién?

—Merri.

Titus inclinó la cabeza, desconcertado. —¿Y...?

—¿De su equipo?

—No. Tiene un ex que puede meterme en una exhibición especial.

—Eso es increíble.

—Pero tendría que pasar el verano entrenando con ella.

—¿Lo vas a hacer? —preguntó Titus, emocionado—.

—No sé. Tengo responsabilidades aquí… contigo.

—¿Hablas de este lugar?

—Sí.

—Lou y yo podemos encargarnos mientras no estés —dijo con una sonrisa—. Ya ha estado hablando de formas en las que puede involucrarse con el negocio. Creo que está intentando que la invite a vivir conmigo.

—Ah, es cierto. Se gradúa esta primavera.

—Sí —dijo Titus nerviosamente—.

—¿Y?

—Quiero decir, la amo. ¿Por qué no la invitaría a mudarse? Quin ama la ciudad. La ciudad ama a Quin y Quin estará aquí. Simplemente tiene sentido, ¿no?

—¿Y tú qué piensas al respecto?

Titus resopló.

—Nervioso. Quiero decir, es un gran paso, ¿no?

—¿La amas?

—Sin duda.

—¿Crees que se llevarían bien si vivieran juntos?

—Eso espero. Sé que nos divertimos cuando estamos juntos. Solo siento que es mucho tenerla allí todos los días.

—Entiendo —admití—.

—¿Y tú? ¿Crees que podrías vivir con Merri? Para el verano, me refiero. ¿Crees que se llevarían bien?

—En la universidad, éramos inseparables.

—Igual que yo con Lou.

—Entonces, supongo que ninguno de nosotros tendrá demasiados problemas para ajustarse —sugerí—.

—Supongo que no —dijo Titus con una sonrisa—.

—¿Vas a invitar a Lou a mudarse?

—Supongo que tendré que hacerlo. Ya sabes, con que tú estarás en Florida durante el verano y todo eso —dijo con una sonrisa—.

Atrapé a Titus en un abrazo. —Gracias. Te lo agradezco.

—Yo también te aprecio, hermanito —me dijo Titus, dándome el ánimo que necesitaba para irme.

No me llevó mucho tiempo sentir que el entrenar con Merri era como volver a la universidad. Nuestros días estaban llenos de esprints y ejercicios de pase mientras que nuestras noches se trataban de PlayStation.

Pero, por mucho esfuerzo que pusiera en el entrenamiento, no tenía la sensación de hacer ningún progreso. Merri notó lo mismo, llamándolo meseta. Me aseguraba que superaría eso. Pero cuando pasaba más tiempo y yo no mejoraba, empecé a dudar de todo.

—Es agradable ver que todavía puedo vencerte en algo —dijo Merri, aplastándome en un juego de carreras de Karting.

—Si hubiera jugado todo el tiempo en lugar de tener una vida, también sería tan bueno.

—¡Eso es mentira! Porque no había manera de que alguna vez tuvieras una vida sin mí. Olvidas que te conozco.

—Está bien, tienes razón. Después de graduarme la mayoría de mis noches las pasé leyendo.

—¡Dios mío, lo siento tanto! —dijo ella dolorida—. ¿Haberme dejado te obligó a leer?

—Lo dices como si fuera una condena —señalé, divertido—.

—Pero ¿no lo fue? Quiero decir, ¿no fue igual de malo?

—Eres un idiota.

—Mira por dónde, llena de halagos.

Eso me dejó helado. Por mucho que lo había intentado, también había estado fracasando en la otra cosa para la que estaba aquí para practicar.

—Hablando en serio, eres buena persona por dejarme quedarme aquí.

—No te preocupes por eso. Es un placer. Era eso o comprarme una planta. Todavía no estoy seguro de cuál tiene más personalidad —bromeó ella.

—Gracias por eso. Pero, no, en serio, aprecio mucho lo que estás haciendo por mí.

—Claro. Ningún problema. Te echaba de menos. Se siente bien tenerte por aquí de nuevo —dijo ella con una de sus encantadoras sonrisas Merri.

Al verla y luego la mirada en sus ojos, mi corazón de repente latía fuerte. El ambiente había cambiado. Podía sentirlo.

—Hablando de lo que se siente bien —comenzó ella.

—Sí —respondí, esperando saber a dónde conducía esto.

—Creo que podríamos necesitar un descanso.

—¿De qué? —pregunté nervioso.

—De nuestra rutina. No he podido evitar notar que tus números todavía no están aumentando.

Miré hacia otro lado, decepcionado de que a eso se estuviera refiriendo.

—También me he dado cuenta. ¿Quieres que me vaya a casa?

—¿A casa? ¡No! ¿Por qué sugerirías eso? Me refería a un descanso de entrenar.

—¡Ah! Quieres decir un día de descanso.

—Sí, un día de descanso. ¿Qué he dicho?

—Bueno, lo que yo escuché fue que pensabas que soy un desastre y que te estabas dando por vencida conmigo.

Merri se río, sarcásticamente.

—Claude, el día que me dé por vencida contigo, llama a alguien, porque habré dejado de respirar —dijo ella con vulnerabilidad.

Me sonrojé. —Entonces, ¿qué estabas sugiriendo?

—Algo que te distraiga del entrenamiento.

Hice una pausa.

—Quieres decir, ¿cómo una cita? —pregunté con el corazón en un puño.

Ella me miró sorprendida.

—¡Oh, no! No una cita. Definitivamente no una cita.

Al escuchar sus palabras, mi corazón se rompió.

—Ah.

Viendo mi reacción, Merri dio marcha atrás.

—Quiero decir, no es como si no quisiera tener una cita contigo. Sabes cómo he sentido por ti.

—Entonces, ¿qué es? —pregunté con vulnerabilidad.

—Quiero decir, deberíamos concentrarnos en prepararte, ¿no es así?

—Claro. Porque esa es la única razón por la que me invitaste aquí —me recordé a mí mismo.

—No es la única razón —dijo ella, dándome esperanzas. —Pero conseguirte esta oportunidad es importante para ambos. ¿Qué tal si simplemente mantenemos las cosas como solían ser? Al menos por ahora. Realmente quiero hacer esto por ti, Merri. Y no quiero arruinarlo.

—Por supuesto. No arruinemos las cosas.

—Exacto —estuvo de acuerdo ella, pareciendo más triste de lo que me sentía.

Programamos nuestro día libre —que definitivamente no incluía una cita— para el día siguiente. Habíamos estado entrenando siete días a la semana desde que había llegado. Era necesario un descanso.

Mientras Merri dormía la mañana siguiente, aproveché la oportunidad para retomar mis carreras matinales. Con todo el sprint que había estado haciendo, los diez millas se sintieron fáciles. Eso significaba que mi mente era libre de divagar. En lo que se asentó fue en cuánto deseaba que Merri y yo fuéramos en una cita real.

Desde que llegué, había decidido que Merri ya no sentía lo que solía sentir por mí. No podía. Después de besarla, se había negado a hablar de ello. Pidió si podíamos fingir que nunca sucedió. Imagínate a mí queriendo hablar de algo y Merri no. ¿Cuánto debió haberle repugnado mi beso?

Terminando mi carrera casual de dos horas que hizo poco por aclarar mi mente, volví a casa para encontrar a Merri despierta y preocupada de dónde estaba.

—Pensé que habías ido a casa —bromeó. Al menos, creo que fue una broma.

—No, decidí hacer una carrera por la ciudad. No he tenido oportunidad de ver mucho de ella.

—No hay mucho que ver.

—Aun así, fue agradable familiarizarme con el lugar donde vivo.

—Supongo —concedió ella, mirando hacia otro lado pensativa.

Uniéndome a Merri para un desayuno tranquilo en un lugar del distrito histórico, decidí que hoy también sería un día de trampa. No solo tuve wafles, sino que también pollo frito y un vaso lleno de leche. Estaba lleno cuando salimos de allí al mediodía.

Caminando de vuelta a su lugar, podía decir que había algo en su mente. Aunque sabía que este habría sido el lugar perfecto para preguntar qué estaba pensando y quizás darle un cumplido, no lo hice. No estaba seguro de por qué.

Mi práctica de apertura iba tan bien como mis prácticas de fútbol. Por alguna razón, no estaba progresando en ninguna. Sin embargo, sabía que tenía que hacerlo mejor. Tendría que hacer más esfuerzo tanto en el campo como con Merri.

No era que no pensara inmediatamente en lo hermosa que era Merri cada mañana cuando salía de su dormitorio. Como en la universidad, actuaba como si fuera alérgica a las camisas. Cuando estábamos en casa, solo usaba shorts y top deportivo. Y la mujer tenía el cuerpo de una semidiosa.

No me refiero a una de las delicadas, por supuesto. Merri tenía una constitución atlética. Y después de semanas observándola, su cuerpo grueso y fuerte me estaba provocando pensamientos.

¿Por qué la había besado? ¿Había sido arrastrado por el momento? ¿Solo le estaba dando a Merri lo que creía que quería? No estaba seguro. Pero si pudiera hablar con Merri al respecto, quizás podría averiguarlo.

Volviendo a su lugar, Merri se quitó la camisa y ambos nos enterramos en el sofá. Transmitiendo la última película de acción en Netflix, la vimos sin pensar, aprovechando al máximo nuestro día libre.

—¿Por qué nunca amueblaste este lugar? —pregunté, escaneando las paredes en blanco y el espacio vacío del piso.

—¿Qué quieres decir? Tengo un sofá, una tele y una cama. ¿Qué más hace falta?

—¿Y un cuadro? ¿O al menos un póster de un cuadro?

—Eso implicaría levantarme, ir a una tienda de pósteres y decidir qué comprar. ¿Quién tiene tiempo para eso? —dijo mientras se sentaba en el sofá, viendo una película.

—¿No has amueblado el lugar porque no sabes cuánto va a durar el trabajo con los Cougars?

—Hay algo de eso —confirmó.

—¿Por cuánto tiempo es el contrato de tu padre?

—Se supone que es de cuatro años, pero tiene cláusulas de salida. Si al equipo lo despiden, tendrían que seguir pagándole. ¿Yo? No tanto. Me quedaría sin nada.

—Aun así, creo que deberías decorar el lugar —decidí.

Ella me miró con curiosidad. —¿Por qué?

—Vivir así, es como si estuvieras esperando a comenzar tu vida. Ya la estás viviendo. Esto es. Esta es tu vida. Comprométete con ella. Pon algo en las paredes. Siempre puedes llevártelo si te marchas.

Esa fue el final de nuestra conversación. No podía decir qué estaba pensando Merri. No habría tenido que adivinarlo si le hubiera preguntado. Pero, de nuevo, me quedé callado.

¿Qué me pasa? Sé los pequeños pasos que tengo que dar y ni siquiera puedo hacer eso. Tal vez esté destinado a estar solo. Si no solo, al menos sentirme como si lo estuviera.

Merri es una gran mujer. Me siento más cómodo con ella que con cualquier otra persona que conozca. Sin embargo, ni siquiera puedo preguntarle cómo se siente. ¿Por qué? ¿Qué me pasa?

Con esa película terminada, vimos otra. Después cambiamos a un programa de citas real y Merri anunció que me llevaría a un lugar donde pudiera ver la ciudad.

—Está anocheciendo —le dije, gustándome su idea.

—No pasa nada. La vista es mejor de noche.

—Oh —dije, preguntándome qué estaría planeando. —¿Es algo para lo que debería vestirme?

—¿Necesitarás llevar pantalones? Vamos a estar afuera, así que sí, los necesitarás.

Reí.

—No. Quiero decir… Sabes qué, no importa. Voy a ducharme —le dije.

—Diría que no te tardes, pero quién soy yo para hablar —dijo, regalándome una sonrisa.

—Si bueno… —le dije, desestimando su último comentario sobre la duración de mis duchas.

Jurando entrar y salir lo más rápido posible, salí del baño treinta minutos después para descubrir que Merri no estaba. "Bueno, no será culpa mía si llegamos tarde", me dije a mí mismo, volviendo al baño para terminar de arreglarme.

—¡Dios mío! —dijo Merri, golpeando la puerta del baño. —¿Quién iba a pensar que un chico podría tardar tanto?

—Estaba listo hace treinta minutos —dije, saliendo del baño para encontrarla sin camisa.

'¡Guau!' pensé sin decirlo.

—¿A dónde vamos otra vez? —le pregunté mientras ella pasaba por mi lado hacia el baño.

—Ya verás —me dijo mientras cerraba la puerta tras ella.

Entrando al salón, eché un vistazo a la cocina. Había algo inusual en ella. Había comida de verdad. Pero no cualquier comida. Había cosas que harían una rara cita no-cita.

—¿A dónde vamos? —le pregunté de nuevo cuando salió del baño cinco minutos después.

—Mira. Así es como se toma una ducha. Solo déjame vestirme y nos vamos —dijo, luciendo increíble envuelta en una toalla.

Tomando la cesta del mostrador de la cocina, nos dirigimos a su coche.

—¿Entonces de verdad no me vas a decir a dónde vamos? —pregunté, nervioso y emocionado a la vez.

—Ya te dije que te iba a enseñar dónde estamos.

—¿Qué quieres decir? —pregunté, con el pulso acelerándose por la intriga.

Ella me miró con una sonrisa diabólica. —Ya verás.

Conduciendo hacia la costa y alejándonos del sol poniente, nos encontramos junto a un acantilado. Cruzándolo y deteniéndonos en lo que parecía un parque nacional, estacionamos el auto él y salimos.

—¿Dónde estamos? —pregunté, confundido.

—Son los acantilados de la bahía. Es una reserva.

—Parece que está cerrado —observé.

—Por eso vamos a entrar por el camino largo — dijo con una sonrisa.

Tomando ella la cesta, me llevo alrededor de la valla de troncos de pino hacia la espesura de los árboles. Caminando unos minutos, finalmente llegamos a una pasarela de madera. Continuando por el sendero más allá de un área boscosa que me recordaba a casa, finalmente salimos a una larga playa desierta.

—Esto es Pensacola. Es lo mejor que la ciudad tiene para ofrecer —dijo Merri, señalando hacia la arena blanca y el agua de color azul piscina frente a nosotros.

—Es hermoso —admití.

—¿Listo para comer algo? Cogí algunas cosas en la tienda mientras te duchabas —dijo, tomando la cesta de mis manos. —También traje una manta. ¿La extiendo?

—Claro —dije, sintiendo que mi corazón se aceleraba. —Pero pronto se va a oscurecer.

—También traje velas —dijo, sacándolas de la cesta. —Tienen cubiertas para que no se apaguen. Mira —dijo, mostrándomelas.

Viéndola extender la manta y colocar las velas, mi corazón latía fuerte. Esta cita no-cita empezaba a sentirse mucho como una cita de verdad. Y cuando sacó la botella de vino y comenzó a servir, me senté.

—Probablemente no debería —dije, sintiéndome retraer.

—Una noche de vino no va a perjudicar el entrenamiento. Además, esta noche es para relajarse. Relájate —dijo con una sonrisa.

Tomando la copa, escaneé el resto de lo que había traído. Nada de eso estaba en mi plan de dieta. Queso, galletas, carnes grasas, mermeladas —todo se veía increíble.

—Te has esmerado —le dije, sintiendo mis nervios.

—Figuré que has estado trabajando tan duro que te lo mereces. ¿Vas a probar algo?

Luché contra mi deseo de alejarme. —No lo sé.

—Por favor. Por mí.

Mirándola, no pude negarme. Ella tenía el poder de convencerme de hacer cualquier cosa. No tenía resistencia alguna ante ella.

—Por supuesto —dije, apilando todo junto. Al dar un bocado, me sorprendí. —¡Está bueno!

—Se llama carbohidratos —bromeó Merri.

—Me gustan —repliqué.

Merri se río.

Comiendo y bebiendo mientras el sol se ponía en la playa, los dos nos acomodamos. No podía evitar mirarla. Ella me sorprendió haciéndolo y no pareció importarle.

Con el sonido de las olas besando suavemente la orilla y la brisa ligera en el aire, preguntó:

—¿Cuál es tu gran sueño sin cumplir?

—¿Mi gran sueño sin cumplir?

—Sí, ya sabes. ¿Qué es lo que más lamentas no haber hecho?

Tomé un sorbo de vino y lo pensé.

—Creo que lo que más lamento es no haber desarrollado superpoderes.

Merri se río.

—Vamos. Hablo en serio.

—Y yo también.

—Entonces, dime. ¿Por qué lamentas no haber desarrollado superpoderes?

—Porque si los tuviera, sentiría la obligación de ayudar a la gente.

Merri me miró, confundida.

—No necesitas superpoderes para ayudar a la gente. Simplemente podrías ayudar.

—Eso es más fácil decirlo que hacerlo. No sé si sabes esto de mí, pero estoy bastante tenso.

—¡No me digas! —dijo ella sarcásticamente.

—No, es verdad. Sé que lo disimulo bastante bien, pero lo estoy.

—Nunca lo habría adivinado.

—De todas formas, no me gusta estar tan tenso. Miro a los demás y veo lo fácil que les resulta encajar o pasarlo bien. —Hice una pausa—. Desearía ser más así —dije, sintiendo el peso de mis palabras.

Cuando bajé la mirada, Merri puso su mano en mi pierna. Me sorprendió. Al mirarla a los ojos, su empatía abrió una grieta en la coraza de mi corazón. Recomponiéndome rápidamente, continué.

—Todo lo que quería decir era que, si hubiera desarrollado superpoderes, entonces podría asumir una personalidad heroica que pudiera ayudar a la gente. Él podría hacer las cosas que siempre he querido hacer pero que me cuesta llevar a cabo.

Merri acarició mi pierna.

—Brindemos por eso —dijo con una sonrisa.

Chocamos las copas y ambos bebimos. Mi trago fue suficiente para terminar lo que me quedaba. Merri me sirvió otra copa.

—Y tú, ¿qué me dices? —le pregunté— ¿Cuál es tu mayor arrepentimiento?

Merri pensó por un momento.

—Mi arrepentimiento es que, en todo el tiempo que nos hemos conocido, no me haya vuelto más como tú —dijo con vulnerabilidad.

—No querrías ser como yo —dije rápidamente.

—Sí, ¿quién querría ser disciplinado y alguien a quien se le exige respeto cada vez que entra en una habitación?

Le dije suavemente: —No es tan bueno como parece.

Merri, que había movido su mano para acercarse más a mí, dijo: —Lo es desde donde estoy sentada.

Mirándola a los ojos, perdí la respiración. Con mi corazón latiendo fuerte y nuestros labios acercándose, hubo una explosión. Me alejé y miré hacia arriba. Había fuegos artificiales, explosiones literales en el cielo.

—¿Qué está pasando? —pregunté a Merri.

Ella sonrió. —Me preguntaba si lo sabías.

—¿Sabía qué?

—Es el Cuatro de Julio.

—¡Oh! —respondí, mirando hacia arriba.

Tumbándome y acomodándome, Merri se unió a mí. Gateando dentro de mis brazos y apoyando su cabeza en mi pecho, miramos juntos. Atrayéndola hacia mí, sentí su cálido cuerpo sobre el mío. No quería que este momento acabara.

Las explosiones parecían durar para siempre y, cuando los fuegos artificiales cesaron, Merri trepó por mi pecho y me besó. Besándola a cambio, separé sus labios en busca de su lengua. Encontrándola, nuestras lenguas danzaron.

Estaba besando a Merri, mi mejor amiga, mi persona favorita en el mundo, y era increíble. Mis pensamientos se desprendían y se derretían como el caramelo. Deslizando mis dedos entre su cabello, masajeé su nuca.

La deseaba. Deseaba cada parte de ella. Tirando suavemente de sus brazos, ella se subió sobre mí. Y cuando tiré de su camisa, ella me dejó saber que también me deseaba.

Al romper nuestro beso para quitarse la camisa, ansié su regreso. Tirando de mi camisa cuando la suya estaba fuera, me la quité. Montándose sobre mí, me miró con hambre.

No podía apartar la vista de mi cuerpo. Deslizando sus dedos a través de los relieves de mi pecho, gimió. Eso hizo que mi pene se estremeciera. Era hermosa. Era a la vez un pájaro al que quería proteger y una mujer a la que quería tener en mi cama.

Y quería hacer el amor con ella. Había querido hacerlo durante mucho tiempo. No podría haberlo admitido antes, ni siquiera a mí mismo. Pero siempre estaba allí, atrayéndome como un imán.

Rodeando con mis grandes manos sus costados, empujé mis dedos debajo de su sujetador deportivo y lo quité sobre su cabeza. Nunca había visto a mi mejor amiga así antes. Sus pechos del tamaño de la palma de una mano eran más hermosos de lo que podría haber imaginado. Rozando su pezón erecto con el dorso de mi dedo, rodeé su aureola.

Al ver cómo su respiración se entrecortaba, me tomé mi tiempo mientras deslizaba mi mano hacia su cintura. Agarrándola entre mis manos, la sostuve. Dios, cómo me gustaba sostenerla. Era casi tanto como lo que hizo a continuación.

Inclinándose hacia adelante, tomó mi piel con sus dientes. Tirando suavemente, puso su cuerpo sobre el mío. Lo había hecho para meterse en mis pantalones. Con ellos abiertos, besó un camino a través de mi torso, por el valle de mis abdominales, y hasta la cintura de mis calzoncillos.

Con solo una delgada tela entre ella y mi pene duro, apoyó su mejilla sobre él. Pasando mi bulto por su cara, su labio inferior recorrió la longitud elevada de este. Terminando con un beso en la punta de mi cabeza, miró a lo largo de mi cuerpo hacia mis ojos.

—Sí —dije, dándole permiso para que tomara mi miembro en su boca.

Quitándome los vaqueros y la ropa interior, eso fue lo que hizo. Con sus dos pequeñas manos rodeándome, sumergió la cabeza en su boca. Era Merri la que hacía esto. Era increíble. Y cuando la punta de su lengua recorría la base de mi glande, sostuve su cabeza y eché la mía hacia atrás.

Esto se sentía mejor que nada de lo que había sentido en mi vida. Lo que lo coronaba era que era la boca de Merri la que lo hacía. A punto de perder el control solo de pensarlo, agarré la parte trasera de su cabeza y la aparté de mí.

La necesitaba. Quería estar dentro de ella. Sentándome y acogiéndola en el hueco de mi brazo, intercambiamos posiciones. Tumbándola debajo de mí, besé sus pezones mientras quitaba lo último que nos separaba. Con sus pantalones y braguitas al lado, agarré la parte trasera de sus muslos e introduje mi lengua entre su carne hinchada.

El cuerpo excitado de Merri era hermoso. No podía creer que lo estuviera tocando. Saboreándolo antes de continuar, besé cada parte de su cuerpo antes de separar sus piernas y tocar su clítoris con la punta de mi lengua.

En cuanto lo toqué, Merri jadeó. Eso me hizo desear más. Jugando con él, escuché descubriendo justo lo que le gustaba. Y cuando Merri sonó como si no pudiera soportarlo más, me deslicé por su cuerpo y encontré sus labios.

Besándola, alineé mi miembro y lentamente me introduje en ella. Ella gimió. Hice una pausa antes de empujar con más fuerza.

—Sí —susurró—. Más.

Le di más. Presionando con más fuerza mientras ella se estremecía, empujé mis caderas hasta entrar completamente en ella.

—Ahh —gritó.

Mirándola fijamente mientras ella me miraba con los ojos bien abiertos, supe que estábamos pensando lo mismo. Después de años de amistad, estaba dentro de ella. Encajaba como un guante. Éramos perfectos el uno para el otro.

Deslizándome hasta no poder ir más allá, me salí lentamente. Volviendo a entrar, necesitaba besarla. Amaba lo que estábamos haciendo y quería que ella lo supiera. Quería mostrarle todas las cosas que no podía decir. Así que, deslizando mi brazo alrededor de su espalda, me encaramé encima y le hice el amor.

Era dulce, cómodo y, más que nada, apasionante. El cuerpo de Merri era perfecto. Sus curvas se adaptaban a mis pliegues. Y cuando ya no podía ser suave, mi embestida la hacía gemir de una forma que me llegaba al alma.

—Sí. ¡Sí! —gritaba ella.

Dándole cada vez más duro, vi cómo se le rizaban los dedos de los pies. Estaba luchando por contenerse. Eso me envió un cosquilleo por las piernas hasta los testículos. Pronto, yo también luchaba. Quería que esto durara para siempre. Pero cuando Merri alcanzó el clímax, me corrí dentro de ella. Fluyendo en su interior como un río, mi temblor no cesaba.

Agarrándola firmemente, eventualmente la solté. Con sus piernas bajándose a mi alrededor, yo todavía estaba dentro de ella. No quería salir de ella hasta que fuera necesario. Y finalmente, cuando mengüé fuera de ella, me subí a su lado y la atraje hacia mis brazos.

Había tanto que quería decir, pero no lo hice. Ella tenía que saber lo que sentía por ella, ¿verdad? Tenía que saberlo. Merri significaba todo para mí. ¿No podía entender que nunca quería que esto terminara?

Capítulo 13

Merri

No, no, no, no, no. Quiero decir, sí. Un sí rotundo. Pero no.

No pretendía que esto sucediera. ¿Quería que pasara? Por supuesto. Lo he deseado desde el día en que lo conocí. Pero esto iba a arruinarlo todo.

Amo a Claude. Y no me refiero a cómo me hace sentir su increíblemente esculpido cuerpo. Y eso es decir mucho, considerando que tiene esos músculos en forma de 'V' que constantemente apuntan a su sorprendentemente grande pene.

No. Lo amo de la manera en que alguien ama cuando quiere que la persona esté en su vida hasta que muera. No necesitaba tener sexo.

No me malinterpretes, sentirlo empujar dentro de mí fue lo que fantaseare durante los próximos años. Fue mejor de lo que podría haber soñado. Pero había más en Claude que lo que podía hacer con su cuerpo. Y esa era la parte de él de la que estaba enamorada.

Si pudiera retroceder y deshacer todo lo que acaba de pasar, lo haría. Necesitaría una lobotomía para ello, porque no había manera de que olvidara esto. Pero si ese fuera el precio que pagar para tenerlo como amigo para siempre, lo haría.

Aun así, la sensación de él sosteniéndome bajo las estrellas era increíble. Podía escuchar las olas acariciando suavemente la orilla. La luz de la luna proyectaba una sombra tenue, sobre todo. Y a pesar de que había una brisa fresca del océano, su cálido cuerpo me envolvía como una manta.

Podía disfrutar esto por lo menos unos minutos más antes de tener que ponerle fin. Espera, ¿tenía que ponerle fin? Sí. Sí, definitivamente tenía que ponerle fin.

—Probablemente deberíamos irnos —le dije, como si estuviera loca.

Cuando Claude habló, sonó confundido.

—De acuerdo.

—¿No querías irte? —pregunté, nerviosa, preguntándome si este sería el momento en que lo perdería.

—No, deberíamos irnos —dijo con más determinación.

Cuando desenlazó sus brazos de alrededor de mí, me sentí desnuda. Más que eso, me sentí incómoda y fría. Mientras ambos encontrábamos nuestra ropa y sacudíamos la arena de ella, eché un vistazo a Claude. Parecía tan estoico como siempre. ¿Cómo hacía para que estoico se viera tan caliente? Era suficiente para hacer que la carne entre mis piernas hormigueara.

Pero no, no podía ir por ahí. No esta noche. Nunca más.

Vestidos y empacados, nos dirigimos de regreso por la playa y hacia el bosque.

—No habrás traído una linterna, ¿verdad? —me preguntó al entrar a la oscuridad.

—Traje velas —le recordé, esperando que eso excusara mi evidente descuido.

—Me gustaron las velas. Fue una buena elección —dijo alegremente, haciéndome sentir un poco mejor.

Sin querer volver a encender las velas por miedo a tener que enfrentarme a lo que había hecho, lentamente encontramos nuestro camino hasta la senda de madera y de vuelta a nuestro coche.

—Elegiste un buen lugar. Fue agradable. Gracias —dijo con un tono que me indicaba que iba a pretender que no habíamos hecho lo que hicimos. Eso era bueno.

Con el viaje de vuelta a mi casa increíblemente silencioso, tuve mucho tiempo para pensar. ¿Dije pensar? Quise decir, entrar en pánico por cada respiración que tomaba que no era perfectamente tranquila y medida. Quizás si pudiéramos superar esta noche sin que la mierda golpeara el ventilador, podría salvar esto.

—Supongo que deberíamos ir a dormir —dijo mientras estábamos en mi sala de estar. —¿Volvemos a los ensayos mañana?

—Sí, de vuelta a la rutina… digo, a los ensayos —dije, notando lo que había dicho. —Volvemos a los ensayos mañana… nuestra agenda.

Oficialmente, había olvidado cómo hablar.

—Está bien. Suena bien.

Por supuesto que le sonaba bien. Claude huía de las cosas. Volver a nuestra agenda significaría que no tendría que lidiar con lo que acabábamos de hacer. Podría ignorarlo. Quiero decir, no es que sea algo malo. Tan pronto como pudiera olvidarlo, podríamos volver a reconstruir nuestra relación.

—Entonces… —dijo Claude, mirando el sofá.

—No es tan cómodo, ¿verdad? —admití, apesadumbrada.

—Está bien. Es más cómodo que algunas camas en las que he dormido. Es solo que es pequeño.

—Quiero decir, podrías dormir en mi cama si quieres. Pero, debes saber que ronco.

—Fui yo quien te informó de eso durante una de las muchas veces que compartimos tienda de campaña.

—¡Es cierto! Entonces, no debería ser un problema —dije, sudando y excitándome.

—Si no quieres que yo…

—No, no. No es eso. Es solo que… —cerré los ojos, haciéndome más fácil lo que tenía que decir. —No creo que debamos hacer lo que hicimos, de nuevo.

Claude me miró, confundido.

—Por supuesto. Claro. —Hizo una pausa. —Pero, solo para que ambos lo tengamos claro, ¿por qué no?

¿Cómo le explicaba que estaba aterrorizada de que se cansara de mí y se fuera?

—Viniste aquí para prepararte para la exhibición. Creo que ambos deberíamos enfocarnos en eso. Solo tendrás una oportunidad y quiero esto para ti. Será como cuando un boxeador no tiene sexo antes de una pelea.

—Un boxeador. Claro —dijo, con aprensión.

Desesperadamente quería cambiar de tema.

—¿Quieres ducharte primero? —le pregunté.

—No, ve tú primero. Sé lo que tardo allí —dijo, ya no mirándome.

Dejándolo y prácticamente corriendo al baño, cerré la puerta detrás de mí y apoyé la frente en ella. ¿Qué estaba haciendo? ¿Había asumido que querría volver a tener sexo conmigo? ¿Y lo había invitado a mi cama?

Intentaba ser una buena persona. ¿Cómo se suponía que debía hacerlo con él durmiendo a mi lado medio desnudo todas las noches?

Tomando la ducha más fría que pude, salí del baño y lo encontré perdido en sus pensamientos en el sofá.

—Todo tuyo —dije, cruzando el pasillo hacia mi habitación.

Dentro, no estaba segura de qué hacer. ¿Cerraba la puerta para ponerme ropa interior? Ya me había visto desnuda. Maldición, me había tenido en su boca, y ahora compartiríamos la misma cama.

Dejando caer mi toalla con la puerta abierta, busqué un par de bragas en mi cajón. Al volver la vista, cuando sentí una mirada sobre mí, vi a Claude entrar en el baño. La situación iba a ser incómoda, y todo era culpa mía.

No había comprado una cesta de picnic por error. Me había preguntado si la noche libre que sugerí sería una cita. ¿Quería que lo fuera? Por supuesto que sí. Pero pensé que sería como una de esas citas tontas de "no te lo tomes muy en serio porque soy lesbiana" que solía proponerle en la universidad. Como entonces, pensaba que sería suficiente para alimentar mi fantasía de que estábamos saliendo sin arruinar nada.

Pero no fue lo que pasó. Culpo al alcohol. ¿O a los fuegos artificiales? ¿Podrían haber sido las velas?

Fuera lo que fuera, lo convirtió en la noche más romántica de mi vida. ¿Qué resistencia podía tener a un momento así?

Buscando mi mejor par de bragas, me las puse, junto con una camiseta grande y miré a mi alrededor. Haciendo una rápida limpieza, arreglé la cama y me metí en ella.

No había forma de que pudiera decidir nuestras reglas del dormitorio. Así que, apagando las luces, abdiqué de la responsabilidad. Iba a fingir estar dormida cuando él entrara. Así no tendría que saber lo que estaba haciendo, ni volver a mirar su increíble cuerpo. Sólo podía resistirme hasta cierto punto.

Como siempre, Claude tardaba una eternidad en ducharse. ¿Qué hacía ahí dentro? Lo que fuera, había pasado tiempo suficiente para poder afirmar legítimamente que ya no estaba despierta.

Tumbada en la oscuridad, seguía el sonido de sus movimientos por la habitación. Como si me estuviera mirando, al darse cuenta de que estaba "dormida", salió silenciosamente de la habitación. ¿Había cambiado de idea sobre compartir mi cama?

Resulta que no. Solo estaba cogiendo sus cosas. Y cuando oí su toalla caer al suelo indicándome que estaba desnudo, hice lo que no debería haber hecho. Eché un vistazo.

Sí, estaba tan atractivo como recordaba… Y ahora estaba excitada. ¡Genial! ¿Cómo se suponía que iba a dormir ahora?

Con los ojos cerrados, de nuevo seguí el sonido de sus movimientos por la habitación. Hizo cosas que no pude reconocer hasta que se metió suavemente en la cama. Ya acomodado, podía sentirlo a pocos centímetros de mí. Mi corazón golpeaba tan fuerte que podía oírlo. Era tan alto que estaba segura de que él también podía.

Si lo hacía, no dijo nada. Simplemente se quedó allí tumbado, supongo que siendo ajeno y hermoso.

¿Cómo había terminado en esta situación? Estar tan cerca de él sin poder tocarlo era una tortura. Nunca volvería a dormir.

Después de una hora acostada allí, traumatizada, estaba a punto de rendirme. Al concluir que viviría el resto de mi vida despierta, me giré de lado.

Mi movimiento debió despertarlo, porque en cuanto me moví, él también lo hizo. Y cuando se movió, fue hacia mí. Más precisamente, con su pecho tocando mi espalda y su brazo envolviéndome. ¿Sabía él lo que estaba haciendo? ¿Debía hacer algo para quitármelo de encima?

Estaba a punto de retorcerme para despertarlo de nuevo cuando, en lugar de eso, moví mi mano para tocar la suya. Al encontrarse nuestros dedos, él apretó ligeramente los míos, y me quedé dormida al instante.

A la mañana siguiente, recordando lo que Claude y yo habíamos hecho la noche anterior, abrí los ojos de golpe. Era tarde. Mirando alrededor esperando encontrar a Claude, no estaba. Ni tampoco sus cosas.

Estaba segura de haberlo oído moverlas hacia la habitación la noche anterior. Pero esa mañana habían desaparecido. Él había desaparecido. Como había pensado, lo que habíamos hecho había sido demasiado para él. Había vuelto a desaparecer.

Levantándome de la cama presa del pánico, me apresuré a entrar en el salón. Estaba como antes de que él se mudara, vacío. Me había dejado. Habíamos tenido sexo y había arruinado todo.

Hundiéndome en la desesperación, las lágrimas brotaron en mis ojos. No podía soportarlo. ¿Por qué seguía estropeando las cosas? Era el desastre que Papá siempre me había tratado de ser. No merecía ser amada. No era digna de nada.

Entonces escuché una llave en la cerradura y se abrió la puerta. Me giré para encontrar a un sudoroso Claude entrando en el apartamento. Al verme, dijo:

—¿Qué pasa? ¿Por qué lloras?

Rápidamente me sequé las lágrimas.

—¿De qué hablas? Siempre lloro por las mañanas.

—No. Siempre usas tu vibrador por las mañanas —corrigió, tomando un vaso de agua.

—¡Eso fue una vez!

Me lanzó una mirada incrédula.

—Fueron un par de veces. Estaba pasando por mucho estrés.

—Estábamos en una acampada en el Monte Rainier.

—Oh, te refieres a entonces. Bueno, eso fue porque pensé que no estabas despierto.

—No lo estaba, hasta que comenzaste con tu vibrador.

Para mi humillación, comenzó a imitarme gimiendo mientras intentaba sofocar mis gemidos.

—Ah, ah.

—¡Cállate! —protesté—. ¿Y tú dónde estabas justo ahora?

—He decidido volver a mis carreras matutinas. Sientan bien.

—¿Dónde está tu equipaje?

—He guardado todo. Espero que no te importe; me he apropiado de una parte de tu armario y cajones. No tengo mucho, así que todavía tienes espacio de sobra.

—No, está bien —dije, aliviada—. Probablemente debería habértelo ofrecido antes en lugar de hacerte vivir desde tu maleta.

—Probablemente deberías haberlo hecho —dijo él, bromeando de camino al baño—. Voy a ducharme.

—Nos vemos mañana —le dije, devolviéndole la broma.

Para mi sorpresa, el siguiente entrenamiento de Claude fue el mejor hasta la fecha. Había reducido un segundo y medio completo su marca en los 50 yardas, lo cual era enorme. Y sus pases cruzados eran perfectamente precisos.

—¿Sabes cuál es la diferencia? —me preguntó después de mostrarle las estadísticas.

—¿Tus carreras matutinas? —pregunté, esperando que dijera que era por habernos acostado.

—Sí, eso es —respondió, desviando la mirada decepcionado.

¿Qué quería que dijera? ¿'Recoge tus cosas y deja mi apartamento'? Porque eso era lo que podría haber dicho si sugería que era por el sexo.

No, quería que volviéramos a lo que teníamos. He aceptado que las cosas nunca serán exactamente iguales. Y una vez que demuestre a todos lo que puede hacer en la exhibición, terminará en algún equipo al otro lado del país.

Pero si durante este verano reconstruimos nuestra conexión, tal vez esta vez mantendríamos el contacto. Quizá incluso viéramos crecer a los hijos del otro. ¿Quería que todos sus hijos fueran míos? Obviamente. Pero si tuviera que elegir entre nada y un poco de algo, sabía cuál escogería.

En las siguientes semanas, las estadísticas de Claude mejoraban cada vez más. Resulta que realmente habíamos desbloqueado algo en él. Además, las cosas entre nosotros nunca habían estado mejor.

Cada noche me dormía envuelta en sus fuertes brazos. Inicialmente, él no me abrazaba hasta que habíamos estado en la cama el tiempo suficiente para creer que estaba dormido. Pero una noche, demasiado frustrada para esperar, en cuanto apagué las luces, me acurruqué contra él. Aún sin hacer nada, seguí rozándolo con mi trasero hasta que captó la indirecta.

Estoy segura de que me abrazó solo para que dejara de molestarlo. Pero yo estaba cansada. Quería dormir. Y eso no sucedía hasta que estaba sepultada en sus brazos con su aroma envolviéndome. ¿Qué otra cosa se suponía que debía hacer?

Fue poco después de eso que ocurrió algo más. Encontré algo en el baño después de una de sus eternas duchas. En el espejo empañado, había un dibujo de alguien acostado en la cama con un globo de diálogo al lado. Dentro estaba escrito 'Pedo'.

¿Estaba diciéndome que me tiraba pedos mientras dormía? ¿Cómo se atrevía? Pensar que había dejado de usar mi vibrador por las mañanas por él. ¡Qué descaro! Esto requería una respuesta. ¿Pero cuál?

No dije nada al respecto cuando salí del baño. En su lugar, tramé. ¿Qué podía dibujar en el espejo para vengarme? ¿Podría dibujar algo que señalara lo molesto que era su cuerpo perfecto?

Supongo que podría. Pero no era el tono adecuado. Y tal vez solo lo pensé porque estaba divagando mientras lo veía hacer prácticas sin camiseta.

Dios, qué caliente estaba. Tenía que saber lo que me hacía verlo sin camiseta, ¿no? Era un bastardo. Un bastardo muy caliente y musculoso.

Fue entonces cuando me golpeó. Sabía lo que iba a dibujar. ¿Pero cómo y cuándo?

Probablemente podría hacer algo que apareciera cuando el espejo se empañara con su ducha eternamente larga. Entonces, ¿qué podía usar para que el dibujo no se empañara? Había cosas para eso, ¿no? Tenía que investigar.

—¿No te molesta prestar atención hoy? —me preguntó Claude cuando me pilló en el móvil en lugar de cronometrar sus carreras.

—Lo siento, surgió algo importante —le dije, guardando el móvil.

—¿Era sobre si te van a despedir o no?

—No, no era eso —dije, con una risita—. Era algo personal.

—Ah. Vale —respondió, pareciendo un poco dolido.

Sí, claro. Él se lo había buscado. Lamentaría el día en que se burló de mí por tirarme pedos mientras dormía. Y ese día estaba cerca.

Después del entrenamiento y la cena, me escurrí mientras él tomaba su ducha nocturna. Corriendo a la tienda de repuestos de coche, recogí una botella del anti-empañante que se pone en los parabrisas.

—¿Dónde estabas? —preguntó desde el sofá cuando volví.

—Consumiendo drogas —le dije, presa del pánico.

—¿Cultivando una nueva adicción?

—La gente no para de hablar maravillas de la heroína. Pensé en probar.

—¿Y qué te pareció? —preguntó él, volviendo a su libro.

—Está bien. Pero conoces a la gente más interesante en los fumaderos de opio —dije, dirigiéndome al baño.

—No sabía que tenían fumaderos de opio en Pensacola.

—¿Estás bromeando? Los fumaderos aquí son de primera clase. Vienes por la heroína, te quedas por los aperitivos adictivos.

—Ya veo —dijo él, perdiendo interés en nuestra conversación.

Con la puerta del baño cerrada, saqué la botella y mi móvil. Tenía que averiguar cómo dibujar esto.

—¿Estás bien ahí dentro? —preguntó después de lo que resultaron ser treinta minutos.

—Sí. Es la heroína.

—Vaya, realmente te tapona, ¿eh?

—Exactamente. Salgo en un minuto.

—Tenía que saber que algo pasaba, ¿no? Tenía que saberlo. Por suerte, ya casi había terminado.

Parte del problema era que no tenía un espejo empañado donde dibujar. Tenía que mirar las manchas que hacía desde ángulos extraños para saber cómo quedaban. Y luego, cuando me equivocaba, tenía que empezar de nuevo.

Después de todo este trabajo, más le valía apreciar la obra maestra que había creado. Jamás encontrarías una mejor ilustración de un hombre con la cabeza metida en su trasero dibujada en un espejo con líquido anti-empañante por más que lo intentaras.

—Listo —le dije al salir del baño. Cerrando la puerta tras de mí—esperando que no lo viera hasta después de su carrera matutina—, dije: —Yo no entraría ahí si fuera tú.

—No estoy seguro de que la heroína te siente bien.

—No lo hace. Pero nunca sabes hasta que lo pruebas, ¿verdad?

—Supongo. ¿Vamos a dormir?

—Claro —le dije, convencida de que estaba demasiado emocionada para dormir.

Al meterme en la cama, mi mente corría pensando en lo que diría al verlo. Casi me levanto para jugar a videojuegos y relajarme. Pero entonces él me rodeó con sus brazos y caí rendida. Resulta que Claude era el único narcótico que necesitaba.

Al despertar a la mañana siguiente y darme cuenta de que él no estaba, recordé mi obra de arte y salté de la cama. Me había levantado tarde y me había perdido su carrera. Ya estaba en la ducha.

Sin saber qué hacer, me dirigí hacia la cocina antes de cambiar de opinión y apresurarme a volver a la cama. Quería parecer lo más casual posible cuando saliera. ¿Qué hay más casual que seguir durmiendo?

—¿Vas a dormir para siempre? —me preguntó cuando volvió a la habitación solo con una toalla.

—¿Eh? Lo siento, estaba dormida.

—Ya veo —me dijo mientras dejaba caer su toalla y se quedaba desnudo frente a mí… ese cabrón.

Inmediatamente excitada, ahora definitivamente no quería salir de mis sábanas.

—Estaba pensando que podríamos practicar algunas jugadas de pérdida intencionada hoy —dijo, caminando lentamente en vez de vestirse.

—No funcionarían tan bien en la NFL como lo hicieron en la División II.

—Tal vez no. Pero es bueno tener algunas por si acaso —dijo, dándome la espalda y presentándome su perfecto culo semilunar.

—Lo que tú quieras.

Y con eso, quería decir que podía tener todo lo que quisiera. Cuando se veía así, yo era helado en sus calientes manos. Fue una suerte que se vistiera. Estaba a cinco segundos de lanzármele encima; que se joda la amistad.

Cuando se vistió por completo, y mis pezones ya no estaban lo suficientemente duros como para desgarrar tela, salí de la cama y me dirigí al baño. Esperando ver mi obra maestra en el espejo empañado, no la vi. Había dibujado un hombre con la cabeza metida en su trasero en dos partes. En el lado derecho del espejo, había dibujado un trasero desnudo donde la persona se inclinaba hacia adelante con el torso cortado por el borde del cristal. En el lado izquierdo, había dibujado el torso continuado con hombros y brazos justo hasta las nalgas. Como dije, era una obra de arte.

Pero eso no fue lo que encontré esta mañana. Todavía había un trasero desnudo en el lado derecho del espejo. Sin embargo, en el izquierdo había una cabeza que se parecía sospechosamente a la mía. Y estaba besando el trasero desnudo.

¿Era esa la razón por la que andaba desnudo por la habitación? ¿Y por la que claramente me había enseñado su culo? ¿Me estaba diciendo que le besara el culo?

Esto iba en serio. Esa noche dibujé la imagen de un hombre con la cabeza metida en el trasero de un burro. Ya sabes, por si no había captado la referencia de la cabeza metida en su trasero la primera vez. Luego, cuando entré al baño después de él, encontré el mismo burro, pero esta vez el hombre se había transformado en una mujer y estaba tumbada debajo de él con el miembro extendido del burro introducido en su boca.

—¿Qué demonios…?

Esta imagen era pornografía pura. Sin embargo, de alguna manera todavía impresionante. ¿Cómo consiguió tanto detalle en un espejo empañado? Era una locura. Claramente, iba a tener que subir el nivel de mi juego.

Esa noche, al redibujar el burro, hice que su miembro se enrollara de vuelta en su propio trasero. En otras palabras, le estaba diciendo que se jodiera a sí mismo. A ver si superaba eso.

Lo hizo. Dibujó a un hombre desnudo que se parecía milagrosamente a él, practicando sexo con una mujer que se me asemejaba. ¿Me decía "jódete"?

Oh, eso estuvo bien… y fue extremadamente caliente. Sacando mi nuevo vibrador más silencioso y dándome placer con la idea, contuve mis gemidos al alcanzar el clímax. No quería darle la satisfacción de saber que me había hecho llegar al orgasmo. No se lo merecía. Y para ser honesta, estaba un poco enfadada con él.

¿Era justo? No, no lo era. Pero tampoco lo era torturarme con la idea de tener sexo con él. ¿Es que no entendía lo difícil que esto era para mí?

Por supuesto que quería tener sexo con él. Por supuesto que quería sentir sus grandes manos alrededor de mi cintura mientras me manejaba como una muñeca de trapo.

Rodeándolo con mis piernas, me presionaría contra la pared. Con sus manos acariciando mi trasero me guiaría su duro miembro, rozándome. Me provocaría hasta que supiera que estaba desesperada.

Entonces, cuando mis piernas amenazaban con ceder por el deseo, él se adentraba. Arqueaba mi espalda por la intensa sensación, me sentía abrumada. Perdida en el momento, él me llevaba al límite. Y cuando mis dedos de los pies se tensaban listos para estallar, él se unía a mí en la caída. Con sus dedos agarrándome el trasero, explotábamos juntos.

Necesitada de aliviarme por segunda vez gracias al dibujo en el espejo de Claude, terminé mi ducha y volví al salón derrotada. Mirándolo a él, claramente no tenía idea de lo que me hacía sentir. Eso probablemente era culpa mía. Cuando le expresaba cómo me sentía, siempre era en pasado. Eso era en parte porque no quería que él se sintiera incómodo. ¿Pero, era esa la única razón?

Después de alejar a mi mejor amigo y no lograr que las cosas funcionaran con Jason, era seguro decir que tenía problemas. ¿Era tan malo no querer volver a ser herida? ¿Qué tan profundo llegaba mi dolor? Ciertamente no ayudaba ver la decepción en el rostro de mi padre al darse cuenta de que su pequeña niña no quería ser una princesa Disney.

Una parte de la razón por la que le rogué a Papá que me permitiera ayudarlo con el fútbol americano era para mostrarle que no era una decepción. No tenía que encajar en su molde para ser alguien de quien se sintiera orgulloso. Quizás todavía estoy intentando hacer a mi padre sentir orgullo, pero en el camino, comencé a disfrutar lo que hacía.

Me gustaban los chicos que se parecían a Claude, y ¿dónde sino podría encontrar tal tipo? En un campo de fútbol.

Además, me gustaba ayudar a los jugadores a resolver sus problemas. Me gustaba ser parte de un equipo. Me gustaba idear jugadas que ayudaran a los jugadores a ganar el partido.

El fútbol americano y yo éramos la combinación perfecta. Lo que comenzó como una manera de probar algo a mi padre se convirtió en algo que realmente me gustaba hacer. Pero eso no eliminaba el dolor que me había llevado a ello. El rechazo duele, ya sea por parte de Papá, los chicos del equipo o mi mejor amigo.

Quería estar con Claude. Quería pasar el resto de mi vida con él. Pero lo que más quería era que no me abandonara de nuevo. Y si tenía que elegir, escogería un poco garantizado de lo que me gustaba, en lugar de arriesgarlo todo por lo que realmente deseaba.

—¿Te consideras afroamericano? —le pregunté durante la cena esa noche.

—¿Por qué me preguntas eso? —dijo Claude, sorprendido.

—No sé. Nunca realmente hablamos de ello. Y parece ser una parte importante de tu vida.

—¿Acaso no parezco afroamericano? —replicó él a la defensiva.

—Quiero decir que supongo.

—¿Supones? —preguntó ofendido.

—Bueno, no eres tan oscuro. Y, ¿acaso tu padre no es blanco? Eso te haría tan blanco como afroamericano, ¿no? Oh, y ¿no dijiste que eras el único niño de color en tu pueblo?

—¿Qué tiene que ver eso?

—Pues creo que mucho. Si eres mitad blanco y no creciste rodeado de gente afroamericana, ¿no te hace eso al menos culturalmente blanco?

—¿Por qué importaría eso?

—No lo sé —dije, titubeante—. Tal vez me pregunto si cuando me ves, ves a alguien que es como tú. Ya sabes, alguien que encaje.

—Ya veo —dijo él, intentando ocultar su molestia.

Eso me irritó.

—Vale, Claude, sé que lo tuyo es no hablar de las cosas, pero no vamos a hacerlo ahora.

—Probablemente deberíamos irnos —dijo, refiriéndose al restaurante.

—No. Deberíamos quedarnos aquí y hablar de esto.

Claude me miró a los ojos, sacó dinero en efectivo, lo dejó sobre la mesa y se fue. Estaba disgustado, así que, por supuesto, corrí tras él.

—¿Así que vas a irte? —le pregunté mientras lo seguía por la calle—. ¿Después de todo lo que ha pasado entre nosotros, aún no puedes tener una conversación simple sobre lo que sientes por mí?

Claude se giró furioso.

—¿Sabes lo que siento por ti?

—¿Cómo? Nunca hablas de ello.

—Sabes lo que hicimos. ¿Crees que hago eso con cualquiera?

—¿Cómo iba a saberlo? Nunca me lo has dicho. No me dices nada.

—Pues lo siento por ser un dolor en el trasero. Si quieres, me iré.

—Qué demonios, Claude. Te pido que me cuentes algo sobre ti, ¿y amenazas con dejarme?

—No estaba amenazando con dejarte —insistió Claude.

—Pues desde aquí sonó así —dije, temblando por la amenaza.

Claude se detuvo y me miró. Yo estaba temblando. Ojalá fuera lo suficientemente fuerte para no hacerlo, pero lo estaba. Sentirme desnuda frente a él, estaba expuesta. Si me hubiera dejado allí, habría estado destrozada. Lo sabía. Sólo podía soportar tantos golpes.

Mientras vacilaba, mi corazón se rompió. Estaba a punto de caer de rodillas cuando sus fuertes y grandes brazos me envolvieron.

—No quiero dejarte —susurró en mi oído—. Nunca quise hacerlo. Nunca quiero volver a hacerlo.

—¿Entonces por qué lo hiciste? —pregunté con lágrimas empapando su camisa.

—No lo sé. Lo que dijiste me dolió mucho.

—Lo siento tanto por haber dicho eso, Claude.

—Lo sé.

—Entonces, ¿por qué no puedes perdonarme?

Claude permaneció en silencio.

—¿Por qué no puedes, Claude?

—No lo sé. Pero eso no significa que no quiera estar aquí.

—Solo quiero que te abras a mí.

—Estoy intentándolo, Merri. De verdad lo estoy.

—Lo sé. Puedo verlo. Simplemente eres realmente malo en eso.

Claude rió. —Es verdad. Lo soy.

Me alejé, mirándolo hacia arriba.

—Pero no siempre tienes que serlo. Por ejemplo, comparte algo conmigo ahora.

—¿Qué quieres saber?

—Quiero saber si te consideras igual que nosotros.

—Merri, ¿qué importancia tiene eso?

—Porque estoy intentando averiguar si crees que podríamos tener una vida juntos. Quiero creer que lo que hay entre nosotros no está solo en mi mente.

—No lo está —me tranquilizó él.

—Entonces demuéstramelo compartiendo esta parte tan importante de quién eres.

Claude me miró con dolor.

—Por favor, Claude. Si significo algo para ti…

—Lo haces —dijo, interrumpiéndome.

—Entonces dime.

Claude me contempló con ojos tristes.

—No lo sé —dijo finalmente con timidez—. Y odio no saberlo. Debería ser sencillo, ¿verdad? Tengo espejo. Sé cómo me veo. Pero tienes razón. No crecí rodeado de gente afroamericana.

—En la universidad había este chico afroamericano de Nueva York. Se veía tan feliz cuando me vio. Podía decir que pensaba que había encontrado a uno de los suyos. Pero hablando con él, no dejaba de pensar, ¿de verdad?

—Éramos tan distintos. Y él esperaba que conociera referencias culturales que yo desconocía. No sé jerga afroamericana. ¿Dónde se suponía que debía aprenderla viniendo de dónde vengo?

—Entonces, si me preguntas si me identifico como afroamericano, no sé qué responder. Puedo decirte cómo me ve la gente. Puedo decirte cómo reaccionan ante mí. Y puedo decirte que me siento afroamericano cuando paso junto a alguna anciana y ella agarra su bolso. Pero ponme en una habitación llena de gente afroamericana y —se encogió de hombros—. Me siento un fraude.

—¿Eso nos hace iguales? No lo sé. No conozco a nadie con quien me sienta igual. Pero realmente no creo que tengamos que ser iguales para tener una buena vida juntos. Solo tienes que ser mi tipo —dijo sinceramente.

—Espera, ¿tienes un tipo? ¿Cuál es tu tipo? —pregunté con vulnerabilidad.

Claude se acercó a escasos centímetros de mí y tomó mis manos delicadamente entre las suyas.

—Insistente. Molesta. Hace demasiadas preguntas.

—Así que, no yo, ¿eh? —dije decepcionada.

—Manos carnosas. Un cuerpo robusto.

—Entonces definitivamente no yo.

Mirando su rostro burlón, arranqué mis manos de las suyas.

—¿Sabes qué? Nadie te quiere aquí. Vuelve a Tennessee.

Claude estalló en risas.

—¡Adiós! —dije despidiéndole y caminando hacia casa.

Lleno de diversión, me siguió preguntando: —¿He dicho algo que te haya molestado?

—¡Adiós, Claude!

—No. Dime. ¿He dicho algo incorrecto?

—Adiós —repetí, secretamente encantada de oírlo seguirme.

Por molesto que pudiera ser, tal vez él no iba en realidad a abandonarme de nuevo. Y aunque fuese mi mayor miedo, tal vez podría confiar en que después de todo iba a estar ahí para mí.

Llegando a mi casa sin estar segura de sí debería perdonarle por las cosas horriblemente verídicas que había dicho, estaba a punto de hacerlo cuando mi móvil sonó. Al verme mirar el identificador de llamadas extrañada, Claude preguntó:

—¿Quién es?

—Mi ex, Jason.

—¿No es él quien organiza la muestra?

—Sí —dije contestando el teléfono con mal presentimiento—. Hola, Jason. ¿Qué pasa?

—No sé cómo decirte esto, así que iré directo al grano.

—Vale.

—Tu amigo no puede venir a la muestra.

Sentí hundirse mi corazón. Notando el frío escalofrío mientras la sangre se retiraba de mi rostro, pregunté:

—¿Por qué?

—Porque mi psicólogo dice que cree que para mí no es saludable seguir haciéndote favores considerando la manera en que me has tratado. Y, francamente, estoy de acuerdo.

Entré en pánico.

—Pero eso no es lo que está pasando. Lo invitaste porque viste sus estadísticas, ¿recuerdas? Es bueno. Y he estado trabajando con él todo el verano. Está mejor que nunca.

—Lo siento, Merri. Actuaste como lo hiciste cuando estábamos juntos porque pensabas que era lo mejor para ti. Ahora, es mi turno.

—No puedes hacer esto.

—¿Porque esto te afecta a ti en lugar de solo a mí? —preguntó Jason con amargura.

—No. ¿Por qué dices eso? Estoy hablando de Claude. Se ha esforzado mucho para esto.

—¿Qué pasa? —preguntó Claude, oyendo mis súplicas.

—Supongo que Claude es tu novio ahora —indagó Jason.

Me quedé helada.

—No diría eso —dije, dudando de lo que estaba diciendo.

—Bueno, sea quien sea, no creo que sea saludable para mí ayudarte a estar con otra persona. Me heriste. Estoy enfadado contigo. Y tengo derecho a actuar, igual que tú tenías derecho a tratarme como si no importara.

—Pero, Jason…

—No voy a cambiar de opinión. Solo te llamo para que no tuvieras que leerlo en un mensaje. Buena suerte con todo, y espero que acabes con alguien que te trate exactamente como tú me trataste. Adiós, Merri.

—Pero… —dije, justo antes de que se cortara la llamada.

Bajé el móvil, atónita.

—Merri, ¿qué está pasando? —preguntó Claude, preocupado.

Me volví hacia él, apenas capaz de respirar.

—Creo que volví a estropear las cosas.

—¿Qué ha pasado?

—Jason acaba de cancelar tu invitación a la muestra.

—¿Qué significa eso?

—No lo sé.

—¿Así que he estado practicando todo el verano para nada?

Lo miré sin respuesta.

—No entiendo. ¿Por qué cambió de opinión?

—Porque fui una novia terrible —admití—. Él cree que tengo sentimientos por ti y está haciendo esto para herirme.

Claude retrocedió hacia el sofá y cayó en él. Cerrando los ojos, puso sus manos en la frente, intentando contener su frustración.

—Lo siento, Claude. Lo siento mucho.

—¿Y ahora qué hacemos?

—No lo sé.

—¿Debo irme?

—¡No! —dije más alto de lo que había pretendido—. Es decir, se me ocurrirá algo. No pienso defraudarte. Encontraré una salida a esto.

No dijimos mucho más el resto de la noche. Tumbados en la cama, él no me abrazaba. Lo había hecho todas las noches desde que empezamos a dormir juntos, pero no esta noche.

No dormí nada. En lugar de eso, me sumí en una espiral de pensamientos, reflexionando sobre qué podía hacer. Para la mañana, tenía algo. Era arriesgado, pero era una oportunidad.

En cuanto lo oí moverse, se lo propuse.

—Tienes que llevarme al partido del Salón de la Fama de este año —le informé.

Los cansados ojos de Claude luchaban por concentrarse en mí.

—Conozco el significado de todas esas palabras. Sin embargo, no tengo ni idea de qué estás hablando —respondió Claude con su ronca voz matinal.

—Conoces el partido del Salón de la Fama, ¿verdad?

—Sí, es el partido de pretemporada que juegan durante el fin de semana de la ceremonia del Salón de la Fama de la NFL.

—Exacto. Y este año uno de los jugadores que van a presentar jugó para los Cougars antes de que Papá llegara. Eso significa que los Cougars tendrán que jugar el partido del Hall of Fame. Y como aún no me han despedido, significa que tendré que asistir y acudir a las ceremonias. Tienes que venir conmigo.

—No estoy seguro de que sea una buena idea —dijo Claude con reticencia.

—¿Qué pasa? ¿Te da miedo lo que la gente pensará de ti cuando nos vean juntos? —pregunté, agotada por la falta de sueño.

—No, claro que no. —Claude se apoyó en su codo para mirarme—. ¿Crees que me importa lo que la gente piense de con quién estoy?

—Sí, eso creo. Si no fuera así, me habrías dado alguna seguridad de que no me estoy ilusionando en vano al permitirme sentir algo por ti.

—Merri, no te estás ilusionando en vano. ¿De dónde viene esto?

—Solo que… —Me detuve y recuperé el rumbo—. Mira, tienes que acompañarme al partido del Salón de la Fama porque habrá muchos agentes allí. Si puedo presentarte de la manera adecuada, podríamos conseguir otra invitación a la pretemporada.

Claude me miró sin palabras, luego negó con la cabeza, como retractándose. —Necesito volver a algo. ¿Por qué ibas a pensar que te estás ilusionando en vano?

—¿Por qué dirías que ir contigo es una mala idea? No te tomaste ni un segundo. Fue como si no quisieras ser visto conmigo.

—Merri, no pensé que fuera una buena idea porque sigues haciendo estas cosas que me hacen pensar que te importo, pero cuando te pido que hagas algo que lo demuestre, me haces sentir basura por ello.

—¿De qué estás hablando? —pregunté confundida.

—Te besé y luego dijiste que no querías hablar de ello. Nos lo pasamos muy bien en la playa y luego inmediatamente dijiste que deberíamos actuar como si no hubiera pasado. Sabes, solía pensar que yo era quien impedía que pasara algo entre nosotros. Pero no soy yo quien huye de ello. Tú lo haces.

—Y ahora quieres que asista a este evento contigo. Sé que dices que es solo por mí, para ayudarme. Pero se siente como algo más. Es un evento elegante con todos tus compañeros de trabajo y todos en la industria a quienes respetas. Sea lo que sea, definitivamente se siente como una cita. Pero ¿qué me vas a decir cuando termine? ¿Que deberíamos pretender que el Salón de la Fama no existe?

Miré a Claude, desprevenida. —No entiendo. ¿Querrías que esto fuera una cita?

—Merri, he querido que todo lo que hemos estado haciendo sea una cita. ¿Sabes todas esas veces que te he pasado el balón en el entrenamiento? Considera eso como un preludio.

—No me había dado cuenta de que lo sentías así.

Claude se tranquilizó. —Tal vez sea porque no siempre soy bueno compartiendo lo que pienso. Pero ahora sí lo soy.

Sonreí. —Sí, lo eres.

—Y si no lo he dejado claro antes, creo que el fútbol americano es solo un juego. Tú eres lo que me importa, Merri.

—Eso es realmente dulce.

—No sé por qué te sorprende. Soy un tipo dulce —dijo enfáticamente.

Me reí.

—Supongo que lo eres —dije, mirando al hombre al que quería besar.

—Me alegra que finalmente te des cuenta.

—Ya lo hago. Y ahora eres mi acompañante para el partido del Salón de la Fama —dije de manera coqueta.

—Ya era hora —bromeó Claude, haciéndome reír.

—Pero todavía necesitamos que te seleccionen para la pre-temporada. Y para eso, necesitamos encontrar un agente.

—¿Y eso que implica?

—Si podemos, deberíamos crear un vídeo con tus mejores jugadas de la universidad. Yo puedo compilar tus estadísticas. Creo que ya las tengo. Y, sé que no te gusta, pero vas a tener que ayudarme a venderte a los agentes.

—¿A qué te refieres? —preguntó Claude, incómodo.

—Me refiero a que vas a tener que encantarles. Ya sabes, decirles por qué crees que mereces esto. Venderte.

Si no fuera por el siempre sereno comportamiento de Claude, habría jurado que estaba entrando en pánico.

—Yo… —Empezó. — No.

—¿Cómo qué no?

—No. Yo… No.

—Claude, tienes que hacer esto.

—No tengo que hacer nada.

Saltó de la cama.

—Esto no lo quería. Llegaste y me lo presentaste como si fuera un hecho consumado. Pero las cosas siguen cambiando.

—Lo sé, lo siento. Pero todavía podemos conseguirlo. Es solo una cosa más. Después de esto…

Me interrumpió.

—¿Qué? ¿Será otra cosa?

Claude se giró y se vistió.

—Esta es la última cosa. Lo prometo.

—Ya no quiero esto.

—¿Quieres qué? —pregunté, sintiendo que se formaba un nudo en mi estómago.

—Nada de esto. ¡No quiero nada de todo esto! —Dijo, como si se diera cuenta por primera vez.

—¿A dónde vas? —pregunté al verlo llenar su bolsa de viaje.

Él se volvió hacia mí.

—No quiero esto, Merri. Nunca lo quise. Me vendiste algo que no era real. Y ya no lo quiero.

—¿Así que te vas a ir? —pregunté, observándolo recoger sus cosas—. ¿Ir a dónde?

—A casa. Donde debería haber estado. Donde nunca debería haberme ido.

Un sudor frío me cubrió. Este era mi peor pesadilla.

—No entiendo. ¿Qué hice?

—No lo sé, Merri. ¿Por qué no me dices tú lo que hiciste?

—No lo sé. Dime qué hice —dije, levantándome de un salto y siguiéndolo fuera de la habitación—. Por favor, dime qué hice.

Con la bolsa ya lista, se giró hacia mí fríamente.

—Si tú no lo sabes, no sé qué decirte.

—Por favor, no te vayas, Claude. Te lo ruego, no te vayas —dije mientras las lágrimas llenaban mis ojos.

Eso no lo detuvo. Caminando hacia la puerta, estaba a punto de salir cuando sacó algo de su bolsa.

—Toma, puedes quedarte con esto. Ya no lo necesitaré.

Tomé el paquete plano de sus manos y me quedé congelada sosteniéndolo.

—Adiós, Merri.

—¿Así que te vas a ir?

Él me miró de nuevo. Luego, sin decir otra palabra, se fue.

Me quedé mirando la puerta, atónita. ¿Qué había pasado? No entendía.

Al voltear hacia el paquete que él me había dado, lo busqué, buscando respuestas. Dentro había una tarjeta y un gran marco de fotos. Abriendo la tarjeta, decía: 'Para tu primer día de vuelta al trabajo. Tú puedes. Creo en ti. Siempre lo he hecho. Y ahora tienes algo para tu pared. ;)'

Dando la vuelta al marco, encontré un collage de nuestra vida juntos. En la parte superior izquierda había una foto del entrenamiento de fútbol americano de nuestro primer año. Debajo, había fotos de nuestras acampadas. A la derecha, fiestas donde hacíamos el tonto. Y en el centro, estaba la del 4 de julio, la noche que hicimos el amor.

Mirándolo, lloré. ¿Qué había hecho? ¿Había arruinado las cosas para siempre?

Capítulo 14

Claude

No pude hacerlo. Era demasiado. ¿Cuántas veces podría sobrepasar lo que me resultaba cómodo y seguir adelante?

Me había excedido. Ya no quería esto. Había tantas maneras en las que podía abrirme a Merri. Pero la idea de venderme a un montón de tipos blancos y ricos como si fuera un niño afroamericano pobre pidiendo dinero, era más de lo que podía soportar.

Tenía que alejarme de todo esto. Necesitaba volver a estar con mi familia. Así que, tomando un taxi al aeropuerto, reservé el primer vuelo disponible y emprendí el camino a casa.

—¿Puedes recogerme? —le pregunté a Titus cuando me acercaba al final de la línea de autobús.

—¿Claude? ¿Dónde estás? —preguntó sorprendido de tener noticias mías.

—Estoy en la parada del autobús. He vuelto a la ciudad.

—Claro. Puede que tarde unas horas, eso sí. Estoy a punto de llevar a un grupo de tour. Tengo otro programado después de ese.

—No te preocupes, llamaré a alguien más.

—Podría preguntarle a Lou si puede hacerlo. Aunque quizá tenga que atender la tienda en caso de que alguien llegue temprano.

—Está bien. No te preocupes por eso.

—Me hubiera gustado que me avisaras con un poco más de antelación. Podría haber organizado algo.

—Te llamaré esta noche.

—Entonces hablaremos.

—Definitivamente —dije, terminando la llamada.

Sintiéndome perdido, me pregunté cómo había llegado hasta aquí. Había perdido los papeles. No cabía duda de eso. ¿Pero, por qué? ¿Había sido la petición de Merri tan descabellada? No lo había sido. Así es como funcionaba el mundo. Sin embargo, no podía ni considerarlo. ¿Por qué sería?

Mirando a mi alrededor en las calles vacías que me rodeaban, sabía quién tendría la respuesta.

—¿Mamá?

—Claude, ¿cómo estás? —preguntó ella animadamente.

—No muy bien, Mamá. ¿Puedes recogerme? Estoy en la parada del autobús del aeropuerto.

—Por supuesto, hijo. ¿Qué haces en casa?

—Te contaré después. ¿Solo puedes venir a buscarme?

—Estaré ahí lo antes posible.

—Gracias, mamá —dije, finalizando la llamada y escondiendo mi rostro entre mis manos.

Ver el coche de mamá llegar cuarenta y cinco minutos después fue un alivio para la vista. Tomando mi bolso y subiendo al coche, ella respetó mi silencio. Eso duró hasta que estuvimos a diez minutos de casa.

—Te he dado tiempo suficiente. ¿Te importaría decirme qué haces de vuelta tan pronto? Tengo tu exposición marcada en el calendario. No es hasta dentro de unas semanas.

—Ya no formo parte de la exposición —le dije.

—¿No? ¿Por qué no?

Consideré no entrar en detalles y luego me di cuenta de que, si alguna vez quería superar lo que me atormentaba, tendría que hablar de ello.

—Porque creo que estoy roto, Mamá —dije, luchando por contener las lágrimas.

—Cariño, no estás roto. Eres el joven más fuerte que conozco.

—No lo soy, Mamá. Estoy hecho un desastre. ¿Por qué me dijiste aquello que me dijiste sobre tener que representar a mi raza cuando solo tenía 8 años?

Mamá se puso seria.

—Te lo dije porque era verdad. No puedes permitirte fingir que las cosas son iguales para ti que para otras personas. El mundo es demasiado peligroso para eso, especialmente en un estado como Tennessee.

—Mamá, ¿de qué hablas? Toda mi vida, el único racismo que he experimentado ha sido porque lo he ido buscando.

—¿Así que ahora me estás diciendo que el racismo no existe? Con tus muchos años de experiencia, ¿estás intentando decirle a tu mamá lo que crees que sabes?

—No estoy intentando hacer nada. Te estoy diciendo cuál ha sido mi experiencia. Y no estoy diciendo que no haya gente ahí afuera intentando mantenernos abajo para poder estar arriba. Ni siquiera digo que la gente no dirá tonterías. Lo hará. Yo lo he vivido.

—Entonces, ¿qué estás diciendo?

—Digo que vemos lo que nos enseñan a buscar. Eso es todo.

—Supongo que me estás diciendo que la manera en que te crie es incorrecta. ¿Es eso?

Pensé en ello.

—No sé qué es incorrecto, Mamá. Solo sé que la forma en que me criaste tuvo consecuencias. Y ahora mi vida es una gran consecuencia de la que no puedo escapar.

—¿Esto es por aquella chica rubia que vino a nuestra casa?

—Se llama Merri, Mamá —dije con tristeza.

—Entonces, ¿esto es por Merri?

—Sí. Porque creo que la amo. Y sigo huyendo de ella, y el pensamiento que me ronda la cabeza cuando lo hago es, '¿Qué diría Mamá de estar con ella?'

—Mi hermoso niño, nunca podría tener problemas con quien elijas amar. No me importaría quién fuera.

—Lo sé. ¿Pero, qué diría eso a la gente blanca sobre nuestra raza? ¿Soy solo otro hombre afroamericano buscando validación al estar con alguien blanco? Y si eso es verdad, ¿cuántos más estereotipos soy?

—Claude, mi hijo no es un estereotipo —protestó ella.

—¿De verdad, Mamá? Soy un hombre afroamericano que es bueno en los deportes y solo tiene relaciones sexuales con personas blancas. ¿Podría ser más estereotipado?

—Hijo, eso no es todo lo que eres. Eres inteligente y reflexivo. Añadiría gracioso, pero ambos sabemos lo cómicos que podemos ser la gente de color —bromeó ella.

No pude evitar soltar una risa.

—Hablo en serio, Mamá.

—Yo también, Claude. Y puede que tengas razón. Puede que haya cometido un error al decirte eso a tan corta edad. Fue lo que mi padre me dijo a mí, y tú al crecer sin un padre…

—Otro estereotipo —dije, cortándola.

—…al crecer sin un padre, sentí que tenía que decírtelo.

—Bueno, lo escuché. Moldeé mi vida alrededor de eso.

—Ese no era el propósito de decírtelo.

—¿No fue eso? ¿No fue para conseguir que me comportase como un niño del que todo el mundo estaría orgulloso?

—Pero no tenía que ser a costa de tu felicidad —dijo ella, tristemente.

Al entrar en nuestro camino, apagó el auto.

—Si lo que he dicho te ha hecho sentir que tienes que vivir a la altura de expectativas irreales, entonces lo siento. Lo siento, hijo. Pero no dejes que eso te impida hacer lo que te hace feliz. Si Merri te hace feliz, quédate con ella.

—No es tan simple —dije, mirando hacia abajo.

—Entonces hazlo tan simple. Quizás también debería haberte dicho que luchases por la persona a la que amas. Porque cuando encuentras a alguien que vale la pena, te abres paso a través de tus propias barreras para estar allí por ella.

Reflexioné sobre eso mientras nos sentábamos en silencio en el coche.

—¿Luchaste por mi padre? ¿Cómo se llamaba otra vez?

—Armand Clement —dijo mamá con una sonrisa melancólica.

—Claro. ¿Luchaste por él?

—Eso fue diferente.

—¿En qué sentido?

—¿Alguna vez te conté que en mis tiempos me gustaban los chicos malos?

Sintiéndome como si hubiera hecho una pregunta de más, me encogí en mi asiento.

—No, no me lo dijiste. ¿Debería escuchar esto? Mamá, piensa en todo de lo que acabamos de hablar —sobre que me dijeras cosas que no deberías— y pregúntate si esto es lo que necesitas contarme ahora mismo.

Mamá me miró, luego fingió cerrar su boca con llave y tirarla.

—Gracias, mamá.

—Y no utilices nada como excusa para no hacer todo lo que tengas que hacer para estar con esa rubiecita. Era bonita. Si tuviera treinta años menos…

—¿Y si no fuera hetero? —le pregunté.

Ella se río.

—Supongo que eso te lo dejo a ti. Pero por favor, hijo, no permitas que yo sea la causa de tu infelicidad. Me destrozaría el corazón —dijo sinceramente antes de abrir su puerta e irse, dejándome allí para pensar.

Capítulo 15

Merri

—Concéntrate, Merri —gritó papá, devolviéndome a la realidad—. ¿Voy a tener que sustituirte?

—No, entrenador —respondí, preguntándome cuánta gente lo habría oído.

Mirando alrededor, me di cuenta de que la respuesta era todos. Estaba metiendo la pata, otra vez. No podía dejar de meter la pata.

Claude debía estar aquí conmigo. No en la banda del partido del Salón de la Fama. Sino en Ohio, en las gradas.

Me había dejado, de nuevo. ¿Tan poco valía para todos? ¿A alguien le importaría si no estuviera?

Dudo que a mi padre le importaría. Para él ya solo soy una carga en este punto. Soy la persona que complica su vida y su trabajo. Nunca lo haré feliz. ¿Qué estoy haciendo aquí?

Con el juego concluyendo y seis intercepciones propiciando nuestra derrota, me quedé detrás de papá mientras daba su discurso tras el juego perdido. Papá subrayaba que la derrota era responsabilidad de todos. Pero es difícil ganar cuando tu mariscal no puede completar un pase ni para salvar su vida.

Claro, él culparía a la línea ofensiva por no darle suficiente tiempo, o a los receptores por bobear sus pases. Pero yo había visto hacer mucho más, con menos. Y el nombre de ese mariscal era…

—¡Claude! —dije, entrando a mi habitación y encontrándomelo allí—. ¿Qué demonios? ¿Qué haces aquí? ¿Cómo entraste? ¿Y por qué llevas puesto un esmoquin?

Claude sonrió con su brillante y resplandeciente sonrisa.

—Eso fue un montón de preguntas.

—Entonces empieza con, "¿Qué demonios?".

Pensándolo un segundo, dijo:

—No sé cómo responder a eso.

—En serio, Claude, ¿qué haces aquí?

—Bueno, según recuerdo, aceptaste que fuera tu acompañante para este evento. ¿Pensabas que simplemente lo olvidaría?

—Déjalo, Claude. Dime, ¿qué haces aquí?

—¿Un gran gesto romántico? —preguntó con cautela.

—Pero te fuiste. Sin explicación. Sin aviso. Simplemente, te fuiste.

—Sí —dijo él, avergonzado.

—¿A dónde fuiste?

—A tener una conversación difícil.

—Ya veo. Y, ¿de qué trataba esa difícil conversación?

—De por qué sigo dejándote —dijo él con humildad.

Lo miré con la boca abierta. Nerviosa, pregunté:

—¿Y eso por qué?

—Es algo llamado trauma generacional.

—¿Eso qué es?

—Es cuando alguien vive algo malo, y le enseña a su hijo cómo reaccionar ante ello y este a su hijo, y así sucesivamente. Es algo de gente de color.

—Como hija de un padre tóxicamente masculino, puedo decirte, eso no es solo cosa de gente de color.

—Tal vez no —admitió él.

—Vale, entonces, ¿por qué estás aquí?

—Estoy aquí para luchar por ti. O, más exactamente, para luchar contra mí mismo, por ti. Y quiero que sepas que seguiré luchando hasta que te tenga. Y entiendo que sigo desapareciendo y que quizás no quieras perdonarme por ello. Pero, aquí estoy. Y seguiré volviendo… al menos hasta que aprendas a asegurar mejor tus puertas.

—Entonces, ¿planeas acosarme? ¿Eso es?

Claude movió la cabeza de un lado a otro. —Tal vez un poco de allanamiento de morada.

—¿Eso también es una cosa de gente de color?

Me miró y luego estalló en carcajadas.

—Después de decir eso, mejor planeas en perdonarme.

Sonreí.

—Como si pudiera permanecer enfadada contigo. ¿No te has dado cuenta de que tengo problemas?

—Pensé que no íbamos a hablar de eso.

Desarmada, caminé hacia el amor de mi vida y lo abracé.

—Pensé que te había perdido.

—Nunca me perderás. ¿Escuchaste mi discurso sobre allanamiento de morada?

—Lo escuché. Fue muy reconfortante.

—Tú sí que tienes problemas.

—Lo sé. Tú también los tienes.

—Lo sé —dijo Claude, abrazándome más fuerte.

—Espera —dije, separándome—. ¿Por qué llevas un esmoquin?

—A, quería recordarte lo atractivo que soy, por si el discurso de allanamiento de morada no funcionaba.

—Comprobado.

—B, quería hacerte lucir bien para la ceremonia de esta noche. No bromeaba cuando dije que recogería a mi cita.

Sonreí, mirando al hombre más guapo que jamás había visto en mi vida. Lo amaba, total y completamente.

—Sé que no fue por esto por lo que viniste y probablemente por lo que te fuiste, pero si todavía quieres estar en la pretemporada, hoy conocí a un agente —dije con alegría.

Claude reaccionó poniéndose tenso. Cerró los ojos y respiró hondo; luego se relajó.

Abrió los ojos, sonrió y dijo: —Si es alguien que crees que debería conocer, entonces me encantaría conocerlo.

No podía expresar lo bien que me hacía sentir eso. Se merecía una verdadera oportunidad de formar parte de un equipo y yo quería hacer esto por él. No importaba lo que hubiera pasado entre nosotros, sabía que él amaba el fútbol. Y yo quería que fuese feliz.

Pero esta noche no sería el momento de presentarlos. Sería mañana. Eso sería cuando tendría lugar la ceremonia importante. Esa sería la ocasión en que Claude dejaría a todos con la boca abierta luciendo su esmoquin.

Esta noche, tendría que dejar a Claude para cenar con el equipo como evento de unión. Habíamos tenido varios desde el comienzo del minicampamento y no habían mejorado nuestro porcentaje de pases completos. Parecía que esta iba a ser otra temporada decepcionante para los Cougars, y la última con papá y conmigo.

Cenando y escuchando los discursos de los jugadores sobre lo grandiosa que será la temporada, todo en lo que podía pensar era en Claude. No podía creer que estuviera aquí. Había una parte de mí que pensaba que debería estar molesta con él por irse de nuevo, pero ¿podría estarlo en este punto?

No pretendía hacerme daño, ¿verdad? Y esta vez, había regresado por su cuenta, ¿no? Ninguno de los dos era perfecto, especialmente yo. Entonces, ¿era suficiente con que estuviésemos luchando por ser las mejores versiones de nosotros mismos el uno para el otro? Considerando que la perfección no era una opción, ¿podíamos pedir algo más que eso?

Al regresar a mi habitación, solo pude pensar en una cosa: dormir entre sus brazos. No había dormido bien desde que él se fue. Parte era por lidiar con la angustia de su partida. Pero por otro lado nunca me sentí tan amada y aceptada como cuando él me abrazaba.

—¿Qué tal la cena? —me preguntó.

—Tú dirás —contesté, entregándole un envase para llevar.

—Oh —dijo él, tomándolo—. Te dije que iba a por algo de comida rápida.

—Ya sé. Pero no quería que te perdieras la gloria de experimentar un asado improvisado para cuarenta personas.

—Oh, qué dulce —dijo él sarcásticamente.

—Lo intento.

—Deberías seguir intentándolo —dijo él, bromeando.

Me reí.

—Entonces, ¿cómo has estado? —preguntó Claude, dejando el envase en el escritorio de la habitación y tumbándose en la cama.

A pesar de que había dos camas, me acurruqué en la suya y me sumergí en sus brazos.

—¿Sería exagerar decir que la vida nunca es tan buena sin ti? —pregunté.

—No sería exagerar. Tal vez un poco, sí.

—En este caso, la vida ha ido genial. Me ha encantado especialmente ver a Brad fallar en pases que sé que tú podrías hacer.

—Suena divertido.

—¿Y tú? ¿Cómo has estado?

—Arrepentido. Con remordimientos. Ha habido mucho replantearme las cosas.

—Suena divertido.

—Ha sido una maravilla —respondió él con tristeza en su tono—. No quiero seguir huyendo. Es como un acto reflejo. Siento que no puedo respirar y lo único que deseo es espacio.

—¿Has estado trabajando en eso? —pregunté con hesitación.

—Cuando estuve en casa, tuve varias conversaciones con Kendall.

—¿No es la novia de Nero?

—Sí. ¿Cómo lo sabías?

—La conocí en la noche de juegos. ¿No era terapeuta o algo así?

—Está estudiando para ello.

—¿Qué te dijo?

—Me dijo que era un idiota por no atarme a ti de inmediato.

—Parece una mujer muy sabia.

—En ese momento estaba bajo los efectos del alcohol, así que no estoy seguro de que fuera el mejor consejo. Pero cuando estaba sobria, me dijo que fuera amable conmigo mismo. Me recomendó que no esperara más de mí mismo de lo que espero de los demás. Cuando lo dijo, me di cuenta de que estaba loca, pero seguiremos hablando de todos modos.

—Eso está bien. Quizá yo también debería hablar con alguien.

—¿Sobre qué? Eres perfecta.

Me giré para mirar a Claude, sorprendida. —¿Me has hecho un cumplido? ¿Así, sin más? Un cumplido de verdad, ¿sin provocación alguna? Dios mío, la terapia está funcionando. ¿Vas a superarme?

—Ese es el plan. Así puedo cambiar a alguien más sano, más estable y que se parezca a ti. Porque obviamente, eres mi tipo.

Lo miré frustrada. —Ahí está. El hombre que amo —dije con sarcasmo.

Volví a apoyar mi cabeza en su pecho. Después de un rato, con una voz vulnerable, él dijo: —Yo también te amo.

¿Había dicho eso? Entré en pánico. Cuando lo dije, estaba bromeando. Siempre bromeábamos así. ¿Se lo había tomado en serio?

Quiero decir, yo lo amaba. Claro que sí. Lo había amado por siempre. Pero había una gran diferencia entre decirle que había estado enamorada de él, actuar como si estuviera enamorada de él y realmente decirle "te amo" mientras hacía el amor.

¿Cómo se suponía que respondiera? Tal vez cualquier respuesta hubiera sido mejor que como lo hice yo, que fue con silencio.

Dios mío, qué desastre soy. Este era Claude, el hombre de mis sueños. Hubo un tiempo en que lloraba por las noches con la esperanza de escuchar lo que acababa de oír. Sin embargo, no podía devolverle las palabras. ¿Qué me pasaba?

Por suerte, Claude no saltó de la cama y se fue corriendo. Parecía que mi marca particular de locura no era lo que lo desencadenaba. Gracias a Dios por eso. Y, si me quedaba realmente quieta el resto de la noche, tal vez me permitiría quedarme dormida en sus brazos sin recordarme lo terrible que era.

Eso no fue exactamente lo que ocurrió, pero lo que pasó no estuvo mal. Después de lo que pareció una eternidad, me preguntó si quería cambiarme. Le dije que lo estaba intentando. Pero él se refería a mi ropa. Eso rompió la tensión.

Cambiándome y volviendo a sus brazos, nos dormimos rápidamente después de eso. Al despertar con el sonido de su ducha después de su carrera matutina, miré el reloj y me di cuenta de que tenía que irme. Solo pude quedarme mirando su cuerpo semidesnudo mientras se vestía durante un breve momento hoy. ¡Maldita sea! Hablando de la mejor parte de despertar…

Dándome prisa para entrar al baño después de él, casi me perdí el dibujo del espejo. Me emocioné al verlo hasta que vi lo que era. Era una imagen de dos personas acostadas con cuadros de dialogo de cómic sobre ellas. En uno se leía: "Te amo". El segundo estaba lleno de 'Zzzzz', ese cabrón.

Borrándolo sin tiempo para dibujar una respuesta, me metí en la ducha. Vistiéndome a prisa y saliendo, le dije que volvería más tarde para prepararme para la cena. Eso fue lo que hice.

Feliz de volver a ver su caliente cuerpo adornado con su esmoquin, regresé al baño para otra ducha rápida y encontré algo más. En lugar de haber un dibujo en un espejo empañado, había un imán para nevera pegado al marco metálico del espejo. El imán mostraba la imagen de un payaso diciendo "Te amo" mientras miraba fijamente a un pepinillo esperando una respuesta.

¿Acaso pensé alguna vez que Claude era un buen tipo? Pues estaba equivocada. Era un cretino.

Deslizándolo en mi palma al salir, me aseguré de no hacerle ningún gesto cuando lo vi de nuevo. Y el tipo era impresionante. No había nada en él que delatara que lo había dejado.

Siguiendo el juego, me puse el vestido y me preparé para salir.

—¿Esa es Rihanna? —preguntó él, mirándome.

—¿Qué? —pregunté, sin entender.

—Lo siento, por un segundo parecías Rihanna.

Confundida, le pregunté: —Tú sabes cómo es Rihanna, ¿verdad?

—Como el Hobbit más alto de El Señor de los Anillos.

—No, eso es… Merri —dije, al caer en la cuenta de lo que estaba haciendo.

—¡Cierto! Sí, a eso me refiero. Espera, ¿quién dije que eras? Bueno, ¿nos vamos?

Habiendo tenido suficiente de Claude, luego conduje a mi encantador acompañante hacia el gran salón de bailes. Las cabezas se giraban para vernos. Y aunque me gustaría creer que era por mí, no podía negar lo bien que se veía Claude esta noche.

—Eres como el James Bond afroamericano. ¿Quién es el, Merri? —me preguntó uno de mis jugadores.

—Soy su cita —dijo Claude con naturalidad. Luego, cuando Claude se giró, el jugador me mostró su cara de impresionado con un enorme pulgar hacia arriba.

Por más degradante y despectiva que me pareciera su reacción, no podía evitar sentirme realmente bien. Porque, sí, estaba con el chico más atractivo de la sala, y lo había visto desnudo.

Perdonando a Claude por su anterior estupidez, me relajé rápidamente e incluso me atreví a tomar su brazo.

—Oh, Claude, quiero que conozcas a Arny. Arny, este es el mariscal de campo del que te hablaba.

Claude soltó casualmente mi brazo para estrechar la mano de Arny. Podía decir que al corpulento hombre de mediana edad le sorprendió ver a Claude acompañándome, pero se repuso rápidamente.

—Merri me dice que esperas ser parte de la muestra de jugadores de pretemporada.

—Eso espero. Merri me ha estado entrenando todo el verano. Creo que me tiene justo donde ella quiere.

—En entrenamiento, eso quiero decir —añadí nerviosa.

—Sí. Sus huellas están por todo mi ser.

—Habla de su juego. De su estilo de juego — aclaré.

—Ya veo —dijo Arny, con torpeza. —Bueno, Merri ha compartido conmigo tus estadísticas universitarias. Son muy impresionantes. Tres títulos de división seguidos, ¿eh? ¿Por qué no te presentaste a la selección de jugadores cuando tenías oportunidad?

Me tensé, preguntándome cómo iba a responder Claude a eso.

—Tenía asuntos por resolver. No estaba en el estado mental adecuado para una oportunidad así —respondió con sinceridad.

—¿Y ahora sí?

Claude asintió. —Sí. Merri sabe cómo hacerme cambiar de opinión.

Arny me miró buscando una aclaración.

—No tengo nada —admití.

—Bueno, con base en tu historial y la recomendación de Merri, buscaré conseguirte un lugar. Si sales ahí, no me harás quedar mal, ¿verdad? —preguntó con una sonrisa entre astuta y desagradable.

—Daré todo lo que tengo —coincidió Claude.

—Va a hacerlo genial —le aseguré. —Nunca he visto a un jugador como él.

—Y él me ha visto completamente —añadió Claude.

—¡Vale! —dije, incapaz de soportar más insinuaciones. —Lo tendré preparado y listo para actuar.

—Hazlo —dijo Arny antes de pasar a otra persona.

—¿Qué fue todo eso? —pregunté cuando nos quedamos solos.

—¿Eso qué?

—¡Eso! Ahora va a pensar que hemos estado juntos.

—Hemos dormido juntos.

—Lo recuerdo. Créeme que sí.

—¿De verdad?

—Es difícil olvidar. Y permíteme enfatizar, difícil.

Claude sonrió.

—Bueno, solo quiero que todos aquí sepan que soy el afortunado de estar contigo y ellos no.

—Eso quizás no sea tan impresionante como crees —admití.

—Lo es desde donde yo estoy —dijo él con una sonrisa maliciosa.

Lo miré fijamente. —De verdad que te estás haciendo bueno en esto de los cumplidos.

—Gracias. Me esfuerzo —dijo él, satisfecho consigo mismo. —Entonces, ¿a quién más querías presentarme?

Levantando la vista hacia sus ojos color chocolate con leche, deseaba presentárselo a todo el mundo. Todo lo que había dicho llenaba un vacío en mí que no sabía que tenía. Especialmente quería que papá escuchara cómo hablaba de mí así, pero esta noche no era sobre mí. Era sobre Claude. Y en general, la noche había sido un éxito.

De vuelta en nuestra habitación, observaba a Claude mientras se desvestía. Dios, era cada vez más difícil resistirme.

—¿Sigo siendo un boxeador? —preguntó, refiriéndose a mi sugerencia de que no tuviéramos sexo.

Eso me excitó más de lo necesario. Cruzando las piernas, dejé que el rubor se me pasara del rostro antes de responder. Estaba segura de que me había puesto roja como un tomate. Él sabía exactamente en qué estaba pensando.

—Sí —le dije, dolorida por tener que decirlo.

Cuando se quedó de pie frente a mí vistiendo solamente su ropa interior, que no hacía nada por ocultar su enorme erección, señaló mis pantalones y dijo:

—¿Segura de que no necesitas ayuda con eso?

Estaba tan excitada que estaba a punto de desmayarme.

—Segura —dije con esfuerzo. —Disculpa —le dije antes de levantarme, dirigirme al baño y tomar cartas en el asunto.

—¿Segura de que no necesitas ayuda ahí dentro?

Complaciéndome como si no hubiera un mañana, lo ignoré y me perdí en el recuerdo de su aroma.

—¿Merri?

—Ahhh —gemí, intentando ser discreta, pero sin éxito. Cuando liberé todo lo que había en mí, respondí, sin aliento, —No, estoy bien.

—De acuerdo.

—Solo avísame.

—Lo haré —le dije, preguntándome qué estaba haciendo. —¿Necesitas entrar al baño después?

—No, estoy bien —me dijo él, caminando lejos de la puerta.

Por lo visto, Claude no tenía planes de aliviarse a sí mismo. En lugar de eso, presionó su descomunal erección contra mi espalda toda la noche mientras me abrazaba.

¿Qué estaba haciendo conmigo? ¿No sabía que era una chica frágil que solo podía resistir hasta cierto punto? Al menos ya no necesitaba probar la heroína. Aguantarse solo por esta noche ya era bastante difícil.

La tensión que sentía por no restregar mi cuerpo contra su miembro me dejaba las piernas entumecidas. ¿He mencionado que era un imbécil? Porque para cuando salía el sol, estaba traumatizada.

No me va bien sin dormir. Mi única gracia salvadora era que, en algún momento, él perdió su erección. ¿Eso detuvo mi doloroso y ardiente deseo? No. Y por eso, no estaba de buen humor al día siguiente.

—¿Así que, volvemos a tu lugar? —me preguntó Claude mientras yo empacaba.

—Sí.

—¿Vamos a practicar más antes de la exhibición?

—No.

—¿Estás enfadada conmigo?

Me giré hacia él. Estaba tan frustrada sexualmente que sentía que en cualquier momento podría explotar. Pero de alguna manera me calmé, lo controlé todo y dije:

—Imbécil. —Pensé que eso lo explicaba todo.

Cada noche después de eso fue una pesadilla. El hombre estaba torturándome. Estaba segura de eso.

La única manera de superarlo era usar mi vibrador antes de irme a la cama y luego tan pronto como me despertaba. No estaba segura de qué estaba haciendo él. Pero todas las noches tenía erección antes de quedarse dormido y, a veces, durante un buen rato después de eso.

No hace falta decir que ya no dormía tan bien como antes. Y definitivamente estaba afectando mi trabajo. Cuando el entrenador me pilló durmiendo en mi despacho, me preguntó si pasaba algo. ¿Cómo le explicaba que su niño dorado me estaba torturando noche tras noche?

—Pareces un desastre. Recupérate —me dijo.

¿No entendía que esto ya era yo recuperada? No quería verme desmoronarme.

Por suerte, la exhibición de los jugadores se acercaba rápidamente, y esto pronto llegaría a su fin. A medida que se aproximaba, a menudo me sumergía en elaborados pensamientos sexuales donde el duro miembro de Claude destruiría mi cuerpo normalmente inerte. Y cuando finalmente llegó la mañana, me aseguré de dejar algo en el baño para que él encontrara.

Ni siquiera pude pretender dormir esa noche. Así que cuando volvió del baño sosteniendo el preservativo que había dejado, estaba despierta para verlo.

—¿Ahora? —preguntó él, ya erecto.

—Esta noche.

—¿Estás segura? Podríamos hacerlo ahora.

—Hemos esperado tanto tiempo.

Claude apretó los labios en frustración. Luego agarró la puerta de la habitación y casi la arranca de la pared. Fue bueno ver que no había sido el único que había sufrido todo este tiempo.

—Úsalo —le dije, frágil de anticipación.

Él no respondió. Pero viéndolo en la exhibición, lo usó. El hombre fue increíble.

En la carrera de 50 yardas, superó su mejor marca personal por dos segundos. Eso es enorme.

Luego, al pasar el balón, no había lugar seguro en el campo. Lanzaba bomba tras bomba, cada una aterrizando con precisión. El hombre era una bestia ahí fuera. Y al localizarme en las gradas cuando la exhibición terminó, me miraba como a una presa.

Sentí miedo de acercarme a él incluso cuando corría hacia él. Mi corazón latía fuerte. Mis rodillas temblaban. Y cuando lo vi, la sangre se me escurrió del rostro.

No estoy segura de lo que pasó después. Todo lo que sabía era que mis piernas rodeaban su cintura y mi espalda estaba contra la pared. Con sus enormes manos sujetando la parte posterior de mi cabeza, su lengua buscaba la mía.

Se sentía tan bien que apenas podía ver con claridad. Y corriendo hacia mi coche con mi vagina palpitante, llegamos justo antes de que me arrancara los pantalones y hundiera su pene dentro de mí.

—¡Ahh! —grité, necesitando más.

¿Qué estábamos haciendo? Estábamos en el aparcamiento de un estadio de fútbol.

—¡Sí! ¡Sí! —gritaba, sin importarme quién oyera.

Pareciendo crecer en tamaño mientras me montaba, a Claude tampoco le importaba. El hombre me follaba como a una muñeca de trapo. Sentía semanas de contención golpeándome. Fue despiadado. Me lo merecía. Y me encantó cada minuto.

De alguna manera, encontrándome desnuda y extendida en un coche en movimiento, me convertí en una perra en celo. Claude conducía. Tomaba las curvas como un loco. Iba a toda velocidad, pero yo no podía esperar.

Arrastrándome al suelo, metí mi cabeza entre sus piernas. Estaba a punto de matarnos a ambos. Lo sabía. Pero necesitaba su pene en mi boca. Había esperado lo suficiente.

Sacándola de su pantalón desabrochado, empujé su punta abultada entre mis labios. El sabor, el olor, era todo lo que había soñado que sería. Este era el pene de Claude, el centro de todo su poder sobre mí, y lo tenía.

Empujándolo hacia mi pequeña garganta, tosí. Estaba dispuesta a ahogarme con él. Por suerte, no tuve que hacerlo porque antes de darme cuenta, estábamos en mi casa. Cargándome como si fuera un saco de patatas, me llevó de mi auto a nuestro apartamento. Tirándome sobre lo primero que encontró, me miró mientras estaba tumbada en el sofá y se arrancó la ropa.

Me quedé desnuda. No estoy segura de cómo. Sus manos estaban por todas partes. Acariciando mi clítoris, lamió mi vagina. Doblándome como a un pretzel, me hizo el amor de nuevo. Lo quería. Quería todo lo que pudiera darme. Mi cuerpo era suyo para usarlo como quisiera.

Empezando en el sofá, pasamos a la cocina, luego al baño y, finalmente, a la cama. Mi cuerpo estaba exhausto para cuando terminó. Pero si él quería, sabía que podría hacerlo de nuevo.

Había perdido la cuenta del número de veces que había tenido un orgasmo. Habían sido muchas. Y para cuando Claude terminó, ya no tenía nada que disparar. Nos había llevado todo el día y la noche, pero su arsenal estaba vacío.

Solo entonces, mientras mi agotado guerrero me sostenía, pude decir lo que siempre estaba pensando. Era en una habitación silenciosa. Ni siquiera sabía si estaba despierto.

—Te amo también —le dije, esperando que me hubiera oído—. Y no quiero que te vayas.

Capítulo 16

Claude

Desperté con el sonido de un solo trino de pájaros a lo lejos y me moví, dándome cuenta de que no me sentía del todo bien. Estaba adolorido. ¿Qué había hecho el día anterior? Cierto, la exhibición. Y después de eso, el sexo más salvaje de mi vida con la mujer que amaba.

Girándome cuidadosamente para no despertar a Merri, me volví para verla. Con la luz temprana de la mañana filtrándose por las cortinas, la encontré mirándome, frunciendo el ceño. Ella nunca se levantaba tan temprano. Y parecía como si no hubiera dormido.

Estaba a punto de preguntarle qué sucedía cuando ella dijo: —Creo que alguien está intentando contactarte.

Oí el trino de nuevo. Era la alerta de notificación de mi teléfono.

—Te han estado enviando mensajes durante horas.

Me pregunté si por eso estaría ella despierta, así que senté mi dolorido cuerpo y escaneé la habitación. No encontrando nada en el suelo, esperé otro trino. Cuando lo oí, me di cuenta de que venía del salón y recordé por qué. Dios, cómo me gustaba hacer el amor con Merri. Cuando estaba con ella, me sentía en casa.

Sintiendo mi pene endurecerse, me levanté antes de que las cosas se salieran de control. Cruzando la habitación desnudo, sentía la mirada de Merri en mí. Me gustaba cuando me observaba. Amaba la forma en que ella me veía.

Saliendo al pasillo, me hice una mejor idea de lo que habíamos hecho el día anterior. No es de extrañar que estuviese adolorido. Todos los mostradores estaban vacíos, y las cosas que habían estado sobre ellos estaban en el suelo. Había platos rotos y montones de sal derramada. Era como si hubiera pasado un huracán por el lugar.

Al oír el trino otra vez, localicé mis pantalones y recuperé mi teléfono. En ese momento, antes de que todo cambiara, mi vida era grandiosa. Maldita sea, era perfecta. Entonces leí los mensajes y la sangre se me fue de la cara.

—¿Quién es? — escuché decir a Merri detrás de mí.

Dándome la vuelta para mirarla, no pude hablar. El cuerpo desnudo de Merri era demasiado sexy.

—Es Arny —le dije finalmente—. Dice que he recibido dos ofertas y que hay una tercera de Nueva Inglaterra pendiente. Una de las ofertas es para una posición de titular, y la otra es un montón de dinero por ser suplente.

Mientras le contaba a Merri, sonó mi teléfono. —¿Diga?

—¿Dónde te metiste después de la exhibición? Tenía a mucha gente esperando para conocerte —me dijo Arny, sonando frustrado.

—Tenía algo que hacer.

—Querrás decir 'algo', ¿no?

—¿Quién quería conocerme? —pregunté, ignorando su corrección.

—Todo el mundo. Y necesito que vengas aquí.

—¿Ahora? —pregunté, mirando hacia atrás a Merri.

—¡Ayer!

—Iré tan pronto como pueda.

—Sera mejor que lo hagas —dijo, colgando.

—Quiere que pase por su oficina.

—¿Te ha dicho por qué?

—No.

—Entonces será mejor que vayas —dijo ella con ojos cansados.

Volviendo por el pasillo hacia el dormitorio, oí:

—¿Debería ir contigo?

Me di la vuelta hacia Merri, quien parecía encogerse ante mí.

—Claro que debes venir conmigo. ¿Por qué no ibas a hacerlo? —pregunté antes de continuar hacia el dormitorio para vestirme.

Dirigiéndome a la oficina de Arny, mi mente daba vueltas. ¿Estaba todo esto sucediendo? Se sentía irreal. Hace unos meses, estaba seguro de que nunca volvería a jugar al fútbol. Ahora, tenía ofertas para jugar en la NFL. ¡Esto era asombroso!

Estacionando y subiendo rápidamente al ático, encontré a mi agente un poco más desaliñado de lo que había estado en el evento del Salón de la Fama.

—¿Has dormido? —le pregunté.

—No. Y es porque tú no contestas tu maldito teléfono.

—Lo siento por eso.

—¿Y dónde estabas ayer? Puedo entender que te tomaras un descanso una vez terminado. ¿Pero no se te ocurrió contactarme en todo el día?

—No volverá a ocurrir. ¿Por qué me necesitabas aquí?

—Porque tienes que atender a los medios —dijo, molesto.

—¿Qué? ¿Por qué?

—Cuando un jugador es una sensación durante una exhibición y luego no está disponible para reunirse con los equipos después, crea un poco de revuelo. En tu caso, es más bien una locura. Eres un puto éxito, Claude. Todos te quieren —insistía Arny.

Mi corazón se hundió, estupefacto. Buscando la excitación compartida de Merri, la encontré parada tímidamente en una esquina. Pero no tenía la capacidad de averiguar qué le sucedía. Tenía mucho en qué pensar.

—¿Qué hago? —pregunté, volviéndome hacia Arny.

—He organizado una conferencia de prensa.

—Negué con la cabeza incrédulo.

—¿Y qué se supone que diga?

—Ya sabes, lo de siempre.

—¿Qué es?

—No sé, que estás emocionado por esta oportunidad. Que sientes que puedes ser una gran adición a cualquier equipo. Habla de cuánto tiempo has estado trabajando para esto y haz algo sobre tu madre. Cualquier cosa servirá. A la prensa le encanta esa mierda.

Esperando nervioso a que los reporteros se reunieran, me senté junto a Merri. Cuando ella no dijo nada, tomé su mano en busca de consuelo. Solo estaba cansada, ¿verdad? Parecía que no había dormido. ¿La había lastimado la noche anterior? No había sido exactamente tierno.

—¿Estás bien? —le pregunté, apretándole la mano.

—Estoy bien —dijo ella, devolviendo el apretón—. Estoy aquí por ti —agregó con una sonrisa triste.

Todavía sin estar seguro de qué sucedía con ella, desvié la mirada, intentando reunirme. No había practicado hablar con la prensa. No sabía qué podría pasar o qué podrían preguntar. Esto era territorio desconocido para mí, y no me gustaba estar desprevenido.

—¿Cómo te sientes al recibir tanta atención? —me preguntó el primer reportero.

—Como si estuvierais aquí por la persona equivocada —dije, provocando su risa.

—No estamos —respondió—. Escuché que ya has recibido varias ofertas.

—Yo también escuché eso. ¿Sabes de dónde son?

—¿De dónde son?

—No, te lo pregunto a ti. No tengo ni idea —admití, provocando más risas.

—Mis fuentes dicen Seattle y Portland. Está lejos de Tennessee.

Reflexioné sobre eso.

—Está lejos de muchos lugares —dije, mirando de nuevo a Merri.

En cuanto nuestras miradas se encontraron, ella bajó la vista. Ah, por eso estaba actuando de manera extraña. Jugar en la NFL significaría el fin de lo nuestro. Una parte de mí lo sabía, pero me había negado a creerlo.

—¿Estás preparado para un cambio tan grande?

—No —dije rotundamente—. Para nada.

Volvió a sonar la risa.

—Supongo que tendrás que estarlo. Juega como lo hiciste en la exhibición y tendrás una larga carrera allá.

—Supongo —dije, compartiendo la tristeza de Merri.

Con la rueda de prensa terminada, me reuní con Arny en su oficina.

—¿Por qué no me dijiste qué equipos habían hecho la oferta?

—Pensé que lo habías leído en mis mensajes.

—Enviaste muchos.

—Es que estaba tratando de localizar tu trasero.

—De cualquier modo, la elección es tuya. Solo estoy aquí para conseguirte las ofertas. Nueva Inglaterra sería una perspectiva interesante por la historia del equipo. Pero con Seattle, podrás crear la tuya propia. Además, los equipos de mercados pequeños siempre están dispuestos a desembolsar más para conseguir talento. Saben que nadie va allí por el clima.

—Seattle está muy lejos —le dije.

—¿No fuiste a la universidad en Oregón? Asentí.

—Entonces lo sabes. Hay muchas cosas buenas de estar allí arriba. Podrías tener una gran vida.

Cuando no respondí, continuó.

—Mira, sé que todo esto te viene de golpe. Vuelve a casa. Háblalo con la gente que te importa —dijo, dirigiendo la mirada hacia Merri—. Cuando hayas tomado una decisión, avísame. Preferiblemente, en las próximas 24 horas.

—¿24 horas?

—No eres la única persona a la que estos equipos están haciendo ofertas. Están dispuestos a darte un poco más de tiempo porque vieron lo bueno que eres. Pero espera demasiado y serás tú quien se quede sin sitio.

—Entiendo.

—Por cierto, hay un cazatalentos al que deberías agradecerle.

Miré a Arny, confundido. —¿A qué te refieres?

—Jason Rodríguez, ¿lo conoces?

—No.

—Yo sí —dijo Merri de repente cobrando vida—. ¿Qué ha hecho?

—Puso su reputación en juego para conseguirte esa oferta de Seattle. Lo mismo con la de Portland. Parecía muy motivado para llevarte allí. Si lo conoces, deberías agradecerle. Luchó mucho por ello.

—Luchó duro para alejar a Claude lo más posible de aquí.

—Luchó para asegurarse de que Claude aterrizara en un equipo —dijo Arny, corrigiendo a Merri.

—Seguro que sí —dijo Merri, haciéndome saber que Jason Rodríguez era su ex.

—Dale las gracias de mi parte, si tienes la oportunidad —le dije a Arny.

—Puedes contar con ello.

—Si no hay nada más, nos vamos a ir.

—Te mantendré informado sobre Nueva Inglaterra. Pero realmente creo que deberías pensar en Seattle.

—Entendido —le dije a mi agente antes de dirigirnos a nuestro coche.

En el trayecto a casa, Merri permaneció en silencio. No dijo nada hasta que volvimos a entrar en nuestro apartamento.

—Este lugar es un desastre —dijo, mirando alrededor.

—No está ordenado —estuve de acuerdo—. Entonces, Merri, ¿qué debo hacer?

Ella me miró como si luchara con el momento.

—Sabes lo que deberías hacer. ¿No te ha dicho Arny que pienses en Seattle?

—Eso es lo que sugirió. Pero es mi elección —dije, buscando una respuesta en los ojos de Merri.

—Creo que deberías hacer lo que es mejor para ti —dijo ella, incapaz de mirarme.

—¿Eso es lo que quieres que haga?

Merri se estremeció ante mis palabras.

—Esto es por lo que hemos estado trabajando, ¿no? —dijo, enojándose.

—Lo es —admití.

—Entonces debes hacerlo. Deberías ir a Seattle —me dijo dolorosamente.

—Esto no significa el fin de nosotros, ya lo sabes —dije con suavidad.

—Por supuesto que no. No hay un fin para nosotros. ¿No establecimos que tengo problemas?

Sonreí. Ella todavía no me miraba.

—Solo no sé cómo será no volver a dormir —dijo, empezando a llorar.

Incapaz de contenerme un segundo más, me envolví alrededor de ella, atrayéndola hacia mí. Ella se volvió y lloró en mis brazos.

—No quiero dejarte —le dije con lágrimas cayendo por mis mejillas.

—Tienes que hacerlo. Este es tu sueño.

—Tú eres mi sueño —le dije—. Eres la mujer con la que he soñado en noches frías y solitarias. Eres todo lo que siempre he querido.

Merri dirigió hacia mí sus ojos llenos de lágrimas.

—Pero, necesitas tomar esto. No puedo ser yo quien te impida hacer lo que estás destinado a hacer. Naciste para jugar al fútbol. Te hace sentir vivo. Lo sé. No puedes dejar pasar esta oportunidad, especialmente por mí. Necesitas hacerlo.

Apretándola fuerte, sabiendo lo que tenía que hacer, tomé aire y dije: —Te voy a echar de menos, Merri. Significas todo para mí.

—Te amo, Claude. Te amo desde el momento en que te vi, y nunca he dejado de hacerlo.

—Yo también te amo, Merri. Siempre lo haré —le dije mientras mi corazón se rompía, sabiendo que ella tenía razón.

—Acepto Seattle —le dije a Arny después de un día y una noche llorando con Merri entre mis brazos.

—¡Excelente elección! Pondré en marcha todo y deberías estar listo para volar y firmar el contrato en dos días.

—¿Dos días? Es demasiado rápido.

—Tienen intenciones de que estés para la segunda mitad de la pretemporada. Así funciona la NFL. Prepárate —dijo Arny antes de terminar nuestra llamada.

—Tengo dos días —le dije a Merri, luchando contra las lágrimas—. Tendré que volar de vuelta a Tennessee y empacar mis cosas. También voy a tener que explicarle a Titus que no regresaré hasta la temporada baja.

—¿Cuándo tienes que dejar Pensacola? —preguntó Merri con vulnerabilidad.

—Esta noche —me di cuenta.

Ella cerró los ojos como si se negara a estar triste y luego los abrió, encontrando su fortaleza.

—Si tienes que irte esta noche, entonces sé lo que deberíamos hacer hoy.

—¿Estabas pensando…? —pregunté con una sonrisa sugerente.

—No lo estaba hasta que lo dijiste. Y sí —dijo ella con una mezcla de deseo y melancolía—. Pero sé lo que deberíamos hacer antes de eso.

Al entrar en Bluegrass Bourbons, el bar con temática de Tennessee más famoso de Pensacola, me reí.

—En serio, ¿quién pensó que construir esto era una buena idea? —pregunté, examinando la auténtica gorra de piel de mapache que colgaba entre dos ventanas inspiradas en barriles de whiskey.

—No sé de qué hablas. Desde donde estoy, este parece el lugar perfecto. Debería haber uno en cada estado. Entonces, ¿qué chupitos tomamos? ¿El auténtico whiskey de Tennessee o el igual de auténtico aguardiente de Tennessee?

—Bueno, como necesitaré la vista para jugar al fútbol, ¿qué tal si probamos el whiskey?

—Y luego subiremos a lo bueno. Entendido —dijo Merri, dispuesta a tomar algunas decisiones realmente malas.

—¿Brindamos por…? —pregunté con el chupito de whiskey en la mano.

—Por lo que dije que brindaríamos el día que te traje aquí. Por verte jugar en un maldito equipo de la NFL.

—Brindo por eso —dije alegremente, echándome el chupito y arrepintiéndome al instante—. No voy a poder volar esta noche —dije con la cara retorcida como un sacacorchos.

—Para eso están los pilotos —dijo ella, colocando otro chupito frente a mí.

Ese primer chupito llevó a dos, luego a tres, y luego… um, al número que viniera después de tres. Lo que quiero decir es que, a pesar de que nuestros mundos se desmoronaban a nuestro alrededor, lo pasamos bien. Estábamos a punto de asegurarnos de lamentar cada segundo de esto al tomar un chupito de aguardiente cuando sonó el teléfono de Merri.

—Si es tu exnovio, no te olvides de darle las gracias de mi parte —le dije a Merri con sarcasmo.

—Que se joda Jason —respondió ella.

Al contestar la llamada, dijo —Jódete, Jason. Ella hizo una pausa. Con diversión ebria, dijo—: ¡Estoy celebrando, papá! Hizo otra pausa. —Ya sé. ¿Pero, no has oído? Claude será el mariscal de campo titular en Seattle.

Escuchó otro momento.

—No sé —Dijo, cubriéndose el teléfono y girándose hacia mí—. ¿Ya firmaste el contrato?

—En dos días —dije, levantando dos dedos de los que no estaba seguro si eran míos.

—Todavía no —Merri dijo al teléfono—. Puedo preguntárselo —añadió antes de girarse hacia mí—. ¿Quieres reunirte con los Cougars antes de firmar tu gran contrato?

—¿Ese dueño no ha sido un imbécil contigo? —pregunté, recordando las historias.

—Sí, lo ha sido. Pero es mi jefe —me recordó.

—Entonces sí, me encantaría reunirme con los Cougars antes de irme.

—No vas a conseguir que me despidan, ¿verdad? La dirección es un desastre y el equipo es una porquería, pero… ¿Qué estaba diciendo?

Señalé el teléfono que sostenía a centímetros de su boca.

—¡Ups! —dijo, riéndose. Llevando el teléfono a la boca, lo repitió—: ¡Ups!

—Diles que los veré —dije, esforzándome por hablar.

—Él los verá.

Merri escuchó un momento más.

—¿Cuándo vas a estar allí? —me preguntó.

—No sé. ¿Cuándo vamos a estar allí?

—Estaremos allí en treinta minutos —declaró Merri antes de colgar. Mirándome con una expresión vacía, dijo—: Tú eras el conductor designado, ¿verdad?

Mirando hacia los definitivamente más de tres vasos de chupito frente a mí, llamé a un Uber. En el viaje al estadio, hice lo que pude para despejarme. Pero, por alguna razón, solo me emborraché más.

Al entrar en las suites ejecutivas del estadio, tuve que concentrarme para mantener el suelo nivelado. Y lo hice. Así que, cuando Merri y yo entramos en la oficina del propietario con el entrenador y quien creo que era el gerente general, me sentía confiado.

—Merri, ¿podrías…? —dijo el propietario, señalando la puerta.

Que te den, señor Movida de poder.

—Entrenador y quienquiera que seas, ¿podrías…? —dije, imitando el gesto del propietario.

Los dos hombres miraron al propietario y luego salieron con Merri. Cuando nos quedamos a solas, me senté en la silla frente a su escritorio. Cayendo mucho más de lo que esperaba, me di cuenta de que estaba sentado más bajo que él. Las sillas no estaban niveladas. ¡Qué imbécil!

—Supongo que has estado celebrando —dijo el viejo pedante, intentando ser crítico. Pero, que se joda.

—Tengo una oferta de mariscal de campo titular en Seattle. Oye, ¿recuerdas cuando Merri me trajo para entrenar para tu equipo y fuiste un imbécil completo con ella… y conmigo? Buenos tiempos, ¿no?

El viejo se revolvió.

—Sí. Acerca de eso. Las cosas no ocurrieron como podrían haber ocurrido.

—¡Menuda novedad! Hiciste un comentario sexista velado y me desestimaste.

—Tienes que entender que no era por ti.

—¿Crees que era mejor si era por Merri? —pregunté al idiota.

—No estoy diciendo eso.

—Entonces, ¿qué estás diciendo?

—Digo que los Cougars podrían realmente usar un jugador como tú. Si te unieras a nosotros, podríamos garantizarte un lugar de titular y un contrato de tres años.

Asentí, considerándolo.

—Suena bien. Pero hay un problema.

—¿Cuál es? ¿El contrato con Seattle? Todavía no lo has firmado, ¿verdad? Hasta que esté en papel puedes retractarte en cualquier momento.

—No, ese no es el problema. El problema es que me estoy follando a Merri de lo lindo. Quiero decir, lo hacemos como conejos. En las encimeras, en el suelo…

El viejo se revolvió e interrumpió.

—¿A qué quieres llegar?

—Contra la pared. En la ducha —continué, disfrutando al hacerle sentir incómodo.

—¡Entendido! ¿Hay algún punto en esto?

Me detuve y le sonreí.

—Sí. Te estoy diciendo esto porque Merri es mi novia. Y por fósiles como tú, me llevó mucho tiempo poder decir eso. Pero ahora lo hago, y no voy a parar. Ella es mi novia y la amo.

—Y ella es la única razón por la cual estoy hablándote hoy. Fue ella quien me convenció de hacer todo esto. Así que, se acabó eso de actuar como si no perteneciera al fútbol. Pertenece. Y es increíble en lo que hace.

—¡Y ni una palabra más de machismo de la edad de piedra! Si tienes un problema con que ella trabaje aquí, tendrás un problema para trabajar conmigo. ¿Puedes aceptar esos términos?

El labio arrugado del viejo tembló, mirándome fijamente. Podía ver cómo le daban vueltas los engranajes en la cabeza. Si yo jugaba aquí y ganábamos, valdría millones, si no billones de dólares para él. Pero para tener eso, tendría que aceptar lo que no quería, que una mujer talentosa trabajaba para él y que a ella le debería todo el éxito futuro del equipo.

—Yo… —dijo, abandonando su pensamiento.

—¿Tú qué? —pregunté con confianza, inclinándome hacia adelante.

—Yo… puedo aceptar eso —dijo, para mi sorpresa.

Mirándolo fijamente, sonreí y dije:

—Debes pensar que voy a hacerte ganar mucho dinero.

Me miró de manera calculadora.

—Creo que serías una excelente adición a nuestro equipo.

—Tomaré eso como un sí. Envía el contrato a mi agente. Jugaré para los Cougars. Pero ahora mismo, necesito ir a celebrar con mi novia —le dije, levantándome y sonriendo al salir victorioso de la oficina.

—¿Qué pasó? —preguntó Merri, con su padre observando.

—Entrenador —dije, ofreciéndole la mano—. Será un placer jugar para usted de nuevo.

Él rompió en una amplia sonrisa mientras Merri me miraba atónita.

—Vamos a hacer grandes cosas, nosotros dos —dijo el entrenador, estrechando mi mano.

—Los tres haremos grandes cosas —dije, mirando al amor de mi vida. Acariciando las mejillas rojas de Merri con el dorso de mi mano, la miré fijamente a los ojos incrédulos.

—Lo logramos, Merri. Te amo —le dije, sintiéndolo con todo mi corazón.

—Yo también te amo, Claude —dijo ella antes de que me inclinara y la besara.

Epílogo

Claude

Esperando para conectarme con Titus y Cali por videollamada, estaba nervioso. Con Cali en Nueva York, había pasado mucho desde la última vez que los tres hablamos. No estaba seguro de cómo reaccionarían.

—¡Claude! —dijo Titus, uniéndose a la llamada primero—. ¿Cómo está Pensacola?

—Está hermosa —le dije con una sonrisa.

Me miró extrañado. —Bueno, no sé qué significa eso.

—¿No sabes lo que significa hermoso?

—No sé qué significa esa mirada que me estás dando.

—Hola —dijo Cali, uniendo a la llamada con clara pesadumbre.

—Cali, ¿cómo está Nueva York? —le pregunté.

—Estoy en casa —dijo él, con el rostro pétreo.

—Entendido —contesté, confuso por su expresión—. De todas formas, tengo noticias que compartir.

—¡Yo también! —intervino Titus, su entusiasmo intacto.

—Yo también —dijo Cali, abatido.

—Qué casualidad —comenté—. Pero iré yo primero. Parece que seré el mariscal de campo titular para los Cougars de Pensacola —dije, incapaz de ocultar mi emoción.

El rostro de Titus se iluminó.

—¡Pensé que eso ya no iba a suceder!

—El dueño vio la exhibición y reconsideró. Me dijeron que él y yo nos encontramos, y que todo fue bien.

—Evidentemente —dijo Titus emocionado—. Espera, ¿qué quieres decir con que te dijeron que te reuniste con el dueño? ¿No estabas allí?

—Es una larga historia. Aún siento la resaca. Pero significa que me voy a mudar aquí —le dije nervioso.

—Oh —Titus pareció sorprendido—. ¿Permanentemente?

—Creo que sí. Es un contrato de tres años, y Merri está aquí. Así que…

—¿Merri? —intervino Cali—. ¿Te refieres a la Merri que conocí?

—Sí —dije, todavía sonriente.

—Te felicito. Me cayó bien —dijo Cali, con un tono un poco más cálido.

—A mí también me gustó —añadió Titus—. ¿Eso significa que vas a dejar el negocio?

—Tendré mis temporadas libres, pero no sé dónde querrá pasar Merri esas temporadas. Quizás sería mejor pensar en mí como un inversor silencioso a partir de ahora.

—Vale —respondió Titus, asimilándolo—. Bueno, estoy feliz por ti. Es una fantástica noticia sobre el contrato y Merri.

—Gracias. Supongo que la práctica hace al maestro. O al menos, hace que no sea terrible.

Titus río.

—Si eso era tu noticia, es mi turno. Cage le propuso matrimonio a Quin.

—¡No puede ser! —exclamó Cali, sorprendido.

—Así es. Quin le pidió a Lou que fuera su dama de honor y Lou me lo contó. No estoy seguro de si debía hacerlo. Así que manténganlo en secreto hasta que alguno de ellos se lo diga, ¿vale?

—Entendido —le aseguré a Titus—. ¿Sabes cuándo se van a casar?

—No estoy seguro. Creo que en unos meses. Será algo grande. Marcus se encargará del catering. Creo que todo el pueblo estará allí.

—¡Eso es genial! Me alegro por ellos —dije, genuinamente contento—. Cali, ¿cuál es tu noticia?

Cali miró a la pantalla antes de bajar su cabeza.

—¿Qué pasa? —le pregunté.

Enderezándose, se preparó para hablar.

—¿Recuerdan cuando la mamá de Claude nos dio el nombre de nuestro padre?

—Por supuesto —dijo Titus, mientras se me formaba un nudo en el estómago.

—Dije que no reconocía el nombre, pero mentía.

—Vale —respondió Titus con cautela—. ¿Y cómo conoces el nombre?

—De mi primer viaje a Nueva York.

Recordé lo que nos había dicho sobre ese viaje. Su novia Hil había sido secuestrada y él la había rescatado.

—¿Y cómo te topaste con su nombre en Nueva York? —pregunté, con los nervios a flor de piel.

—No solo me topé con su nombre. Lo conocí. Lo conocí en persona —aclaró Cali, con un tono grave.

Mis reacciones y las de Titus se reflejaron en cada uno, un silencio estupefacto.

—¿Cuándo? —inquirió Titus.

—Cuando fui a rescatar a Hil. Armand Clement, nuestro padre, fue el hombre que me disparó.

Un frío estremecedor me recorrió el rostro al oír las palabras de Cali. No podía creerlo.

—Más que eso —continuó Cali, seriamente—. Ahora tenemos que rescatarlo a él.

¡No dejes que tu tiempo con Claude y Merri termine aquí! Ten conversaciones íntimas con Merri, coqueteo juguetón con Claude o chats sexys con cualquiera de ellos en BookishBoyfriend.com, el nuevo sitio web del autor donde puedes pasar tus noches tranquilas con los personajes que amas.

*****

Avance:
Disfrute de esta vista previa de 'Problemas de Matrimonio Mafioso':

Problemas de Matrimonio Mafioso
(Romance Gay)
Por
Alex McAnders

Derechos de autor 2023 McAnders Publishing
All Rights Reserved

Remy Lyon, el heredero multimillonario de un imperio mafioso, siempre ha ansiado a Dillon, el mejor amigo de su hermano pequeño. Remy percibió una belleza en Dillon que él mismo no lograba ver, pero debido a su estatus de príncipe heredero, no se atrevió a hacer nada al respecto.

En el funeral de su padre, Remy tiene una última oportunidad para reclamar a Dillon como suyo. Sus planes se ven arruinados cuando Armand Clement, el despiadado señor del crimen que tiene en sus manos la vida de su familia, rompe su acuerdo.

Remy había acordado ceder los negocios ilegales de su padre a cambio de conservar los legales y asegurar la seguridad de su familia y su propia libertad. Pero ahora, Armand lo quiere todo, y eso incluye la mano de Remy en matrimonio con su mimada hija.

Desesperado por proteger a su familia y mantenerse cerca de Dillon, Remy contrata a Dillon para que le ayude a navegar por el mundo mafioso, lujoso y a la vez peligroso, que ha heredado. Sin embargo, su atracción pronto estalla en un ardiente romance que pone a ambos en peligro.

¿Renunciará Remy a Dillon, el único hombre que puede satisfacerlo, o desafiará a Armand y arriesgará una guerra que podría sacar a la luz oscuros secretos familiares y cambiar sus vidas para siempre

Nota: Este libro es parte de la 'Colección Amor es Amor' del autor, lo que significa que está disponible como un romance sensual en 'El Matrimonio Forzado de mi Novio con la Mafia', un romance de lobo transformista intenso en 'Mi Lobo Mafioso', y un romance MM en 'Problemas de Matrimonio Mafioso', además de un romance de lobo transformista MM en 'Su Lobo Protector'.

*****

Problemas de Matrimonio Mafioso

"Dillon, llevo tanto tiempo enamorado de ti. Desde el momento en que te conocí, nunca tuve suficiente. Cada vez que venías a pasar el rato con Hil, me preguntaba si me veías. Así que, cuando te tuve tan cerca, cuando tuve todo lo que siempre quise en mis brazos, fui tan feliz como nunca antes lo había sido.

"Cuando me dejaste, intenté vivir sin ti. Sabía que al hacerlo mantendría a salvo a todos aquí. Pero la petición era demasiado. No puedo alejarme de ti, Dillon. Te necesito. Estoy aquí para decirte que si me aceptas, nunca volveré a dejarte."

Reuní mis emociones, intentando contener la inmensa ola que amenazaba con estallar.

"Remy", comencé suavemente, "te dejé por una razón. Tienes que estar con Eris. La vida de todos depende de ello. Y aunque no fuera así, no puedo ser la otra mujer... o hombre... o lo que sea. Si pudiera, lo haría por ti. Pero no puedo. ¡Lo siento!"

"Pero es por eso que estoy aquí", explicó Remy. "Sé que no puedo simplemente alejarme de Eris. Pero tampoco puedo vivir sin ti", declaró Remy exponiendo su corazón.

"Así que estoy aquí para pedirte nuevamente tu ayuda. No tengo todas las respuestas como lo hizo mi padre. Y no soy él, no puedo hacer esto solo. Necesito la ayuda de las personas que amo. Y te amo."

Leer más ahora

Avance:
Disfrute de esta vista previa de 'Problemas con mi jefe cascarrabias':

Problemas con mi jefe cascarrabias
(Romance Gay)
Por
Alex McAnders

Hil
Cuando llegué a Snow Tip Falls no encontré una razón para quedarme. Es una ciudad pequeña hermosa, pero cuando dejas de correr, tus problemas encuentran la forma de alcanzarte.

Sin embargo, cuando ocurre una tragedia, es difícil no ayudar. Y si la persona que necesita ayuda es un jugador de fútbol esculpido con ojos melacólicos y hoyuelos, cómo podría olvidar el otro propósito de mi viaje, ligar una noche y perder finalmente mi "tarjeta-V".

Sé por qué no la he perdido todavía. Los chicos me confunden. Cali no es confuso, principalmente porque no habla demasiado. Tal vez él sea el indicado. Y si me envuelve con su cuerpo musculoso de atleta, valdrá la pena que me rompa el corazón cuando descubra quién soy y lo que he hecho.

CALI

¿Conoces a esas personas que son como rayos de sol que iluminan una habitación? Así es Hil. Hombre, es insoportable. Insoportable o no, no puedo rechazar su ayuda si quiero seguir en la universidad o en el equipo de fútbol.

No es que sea desagradable a la vista. El tío me hace pensar en cosas cachondas.

Y no es que no sea el chico más dulce y amable que he conocido...

Espera, ¿me estoy enamorando del extraño que apareció de la nada queriendo arreglar mi vida?

Hay una razón por la que me gusta quedarme solo. Y aunque Hil es muy guapo, no sé si mi corazón podrá soportar que me lastimen de nuevo.

*****

Problemas con mi jefe cascarrabias

Se inclinó y cogió mi mano. Su piel cálida junto a la mía me provocó un hormigueo en todo el cuerpo. Lo deseaba. Nunca había estado tan excitado en mi vida. Pero también quería respetarlo. No quería hacer nada para lo que él no estuviera preparado.

Por esa razón, contuve mi deseo. Casi me rompe, pero lo hice. Entramos en la habitación sin soltarnos las manos. Fue extraño ver las cosas de Hil esparcidas en mi espacio personal. Me gustó. No podría haber adivinado que me gustaría tanto.

—¿Tienes que regresar al campus por la mañana? —preguntó Hil mientras deambulaba sobre su bolsa de viaje.

—Sí. Pero regresaré temprano para ayudar a mamá a instalarse.

—Voy a hacer waffles.

—Me encantan. Creo que a mi mamá también —dije comenzando a relajarme—. Probablemente deberíamos irnos a dormir. Estoy pensando que mañana va a ser un día largo.

—Vale —dijo nervioso.

Ver lo nervioso que estaba solo me hizo desearlo más. Quería abrazarlo y consentirlo. Quería protegerlo. Y aunque lo admitiera o no, quería penetrarlo lentamente y escuchar sus gemidos suaves.

Me di la vuelta cuando empecé a palpitar. No sabía cómo iba a hacerlo. Me estaba costando todo no cruzar la habitación, cogerlo entre mis brazos y tirarlo a la cama.

—¿Qué pasa? —preguntó, y envolvió mi bíceps con sus dedos ligeramente desde atrás.

Podía sentir el calor de su cuerpo. Mi corazón palpitaba de deseo. ¿Sabía lo que me estaba causando? ¿Podía saber lo que su toque estaba a punto de desatar?
Leer más ahora

*****

www.ingramcontent.com/pod-product-compliance
Lightning Source LLC
Chambersburg PA
CBHW032007150726

47990CB00005B/1868